AF452980

DÉDICACE

Je dédie cet ouvrage de lutte aux penseurs, à ceux qui peinent, à ceux qui souffrent, à mes anciens compagnons de chaîne de la mine, des hauts-fourneaux et de l'atelier, chaîne sans fin qui se déroule autour du monstre Capital et qui se brisera lorsque le sang du peuple en aura rouillé les maillons.

Puissent ces quelques pages historiques, écrites de la main d'un humble socialiste, vous donner cette haine su blime que doit éprouver tout cœur sensible et généreux qui est la quintessence de l'humanité.

*
* *

Le pilori des bourreaux est la dédicace des martyrs.

Haine et Amour

Paradoxe sublime d'où jaillira l'étincelle qui éclairera le monde, éclipsera les Dieux, et nous montrera l'Abondance, la Justice et l'Egalité.

C.-A. ROUSSIÈRE.

SINCÈRE TÉMOIGNAGE DE MON ESTIME FRATERNELLE

A MON CHER AMI ET PRÉFACIER

Le Poète Léo TESS (de Geslin)

OFFICIER DE L'INSTRUCTION PUBLIQUE

LAURÉAT VERMEIL & OR

DE L'INSTITUT DE FRANCE ET DE L'ACADÉMIE LITTÉRAIRE (CONCOURS POÉTIQUE)

PROFESSEUR DE DÉCLAMATION AU CONSERVATOIRE 1887 A 1890

PRÉSIDENT D'HONNEUR DE LA « RÉNOVATION LITTÉRAIRE »

SECRÉTAIRE DU COLONEL DENFERT A BELFORT

LAISSÉ POUR MORT SUR LE CHAMP DE BATAILLE, DÉCORÉ DE BELFORT

GRAND DIPLÔME D'HONNEUR, MÉDAILLE D'OR DE SAUVETEUR DE FRANCE

RÉDACTEUR AU « CRI DU PEUPLE », DIRECTION JULES VALÈS

SOUS LE NOM DE « DÉVERTUS » ET « JEAN L'AVENIR »

INSURGÉ EN 71, AYANT REFUSÉ DE CONDUIRE LES POMPIERS,

DONT IL ÉTAIT LE CHEF,

A L'ÉGORGEMENT DU PEUPLE DE PARIS.

*
* *

Nous avons ensemble adopté cette noble pensée de Térence, qui nous sert de devise :

Tout ce qui est humain
Me passionne et m'exalte.

Camille A. ROUSSIÈRE.

PRÉFACE

Quand, pour la première fois, je vis mon ami Camille Roussière, je restai un instant surpris par son aspect général et la mobilité de ses yeux profonds, de la vivacité des éclairs successifs et multipliés du regard, parfois dur, parfois tendre, comme celui d'un enfant ou d'une femme. Ce qui me frappa encore en lui, ce fut son accent indéfinissable, que je m'expliquai quand je sus que celui que j'ai l'heur de *biographier* ici est un rude enfant du Gard, pays ensanglanté, comme il le démontre lui-même dans son livre, par les fameuses *dragonnades* ordonnées par le vieux roi Louis XIV, à l'instigation de Bossuet, évêque de Meaux, de la marquise de Maintenon et de quelques courtisans — plats et rampants valets de cour — contre les malheureux huguenots.

Il faut lire attentivement le poème curieux et satirique de mon ami : « L'Epigramme a Boileau ». Il faut l'entendre parler aussi, surtout quand s'agitent en ses esprits les chers papillons de ses idées grandes et généreuses : alors, sa voix, sombre et chaude à la fois, a un je ne sais quoi de suggestif qui force, malgré soi, à l'écouter... cette voix tonne dans *l'expliqué* de ses colères d'art et de ses indignations politiques.

Mais, quel doux changement quand il parle à la mère, à l'enfant, au triste malheureux ou à l'ami ! C'est avec une joie sincère et renaissante, se revivifiant dans ma mémoire par le souvenir, que je songe à nos bons entretiens de confrère à confrère, de nos causeries intimes d'amis et de nos confidences.

En conversant, je vis dans cet homme — *et c'en est un* — je vis, dis-je, de suite, une âme attendrie, le poète m'apparut en son entier, avec ses élans, ses émotions, ses rêves, ses espoirs, ses joies, ses ires et ses mélancolies. Et je saluai en lui cette heureuse dualité, héritée, sans doute, de ses ancêtres cevennols — race guerrière et mystique, qui constitue l'essence de sa poésie.

Camille Roussière est né à Alais (Gard) en 1845. Fils de cultivateur, le plus jeune d'une nombreuse famille de seize enfants, il devait apprendre, dès sa prime jeunesse, à l'école du malheur, dans le travail, que souffrir est la loi des déshérités. Cependant, l'enfant eut pu être plus heureux, si l'on songe qu'il était le petit-fils du *célèbre Roussière,* qui fut, tour à tour : médecin, physicien, écuyer, ce dernier état étant l'associé de celui que nos grand'mères appelaient : *le grand-papa Franconi* (1738-1836) lequel compta, dans sa famille, plusieurs sommités de la scène.

Camille Roussière, lui, ne devait pas connaitre les joies des *petits heureux,* non !... A l'âge tendre et fragile où les enfants sont choyés et vont goûter, sur les bancs d'une classe, aux bienfaits de l'école, mon ami devait, comme un autre *petit Poucet,* aller chercher à gagner son pain... péniblement hélas !

L'enfant, une fois loin du toit paternel qu'il avait dû quitter, ne devait point tarder à subir un réel martyre. Il s'employa, dès l'âge de 14 ans, dans les verreries ; on le vit, dans les forges, dans la mine, exposé au *bleuâtre grisou ;* et aussi dans des usines de fabrication de produits chimiques. Souvent, les mains de l'enfant étaient ensanglantées par une trop rude besogne, par un trop dur travail, que le petit courageux supportait stoïquement, manquant pourtant, bien souvent, de son strict nécessaire, et faisant connaissance avec les deux *pires enfants de la* **Misère** : *le froid* et *la faim !*

A onze ans, il reçut quelques leçons d'un *frère ignorantin,* tels nos malheureux fils d'ouvriers, apprentis-ouvriers eux-mêmes, fréquentant, pour apprendre à lire, quelques semaines ou quelques mois, « l'école du soir » après les laborieux travaux de la journée. Adolescent, Camille

Roussière devint layetier-emballeur, comme Potier. En 1870, nous le retrouvons servant la Patrie menacée par l'invasion teutonne, dans les rangs des fiers et vaillants jeunes engagés volontaires. Il est à Bordeaux quand éclate la *Commune* — révolution chère et persécutée, ayant eu des milliers de martyrs — Camille, alors, fait partie de l'**Internationale**. En 1873, il se lie, se trouvant à Paris, à une phalange d'hommes remarquables et sublimes par leurs idées républicaines et socialistes : les Emile Gautier, Blanqui, Paulard, Labusquière, Prudent Dervillers, Gambon, et participe d'une façon heureuse à l'élection de Trinquet.

Tous ces hommes vaillants, ayant obligé le Gouvernement à proclamer l'amnistie, notre jeune poète — il l'est devenu par ses observations attentives des hommes et des choses, dans le cours de ses voyages — rentre en connaissance avec la chère martyre du peuple, la grande et sublime *Louise Michel,* que des fous et des lâches, qui ne peuvent comprendre ni connaître son cœur et son œuvre, ont surnommé : « *La Vierge Rouge !* »

Camille devait devenir un réel penseur, il était né poète. N'écoutant que ses inspirations, il devint orateur et se mit à écrire pour la défense des travailleurs, des opprimés, des souffrants et des déshérités.... Il rêva, en un mot, comme tout poète aime à rêver.

Le Rêve !... Camille s'y complaît, il est nécessaire à sa belle âme, forte et bien trempée, de *vrai socialiste,* à son grand cœur généreux, à son caractère vif, primesautier et passionné pour le *bon combat* contre les abus et les misères, — lourds faix — sous lesquels courbe le dos, sous la peine, souvent la faim au ventre et le désespoir dans l'âme, la *masse* des malheureux exploités par le Capital ou l'administration des gouvernants. O roture !...

Dans ses ardents poèmes satiriques, écrits de la main d'un habile ouvrier, plutôt habitué à manier le marteau que la plume, le penseur voit mille choses charmantes. A côté de ses cinglements, que de douceurs, de beautés !... Le *rêve* est là, réel, magique d'envolées vers l'au-delà et l'infini, en des apothéoses superbes formées par ses esprits, conduisant son penser dans des régions splendides, imagées, et dues à ses lectures et connaissances de l'Histoire ancienne, romaine, grecque et de la Mythologie.

Qu'on en juge par son œuvre : « Imprécation », mais surtout par une plaquette fort longue, qui m'a le plus charmé dans son livre : « La Vocation de ma petite Henriette », poésie que je recommande tout particulièrement aux lecteurs et charmantes lectrices.

En cette œuvre, le grand-père, parlant à sa petite-fille, — enfant prodige, orpheline de mère — nous fait rêver, nous transportant vers des hauteurs infinies dans son *magistral plaidoyer* pour la **Fraternité** des peuples et le bonheur de l'Humanité.

*
* *

Roussière, mon cher ami Camille, comme je suis heureux de le dénommer dans cette préface (non de complaisance), grâce à une invention qui lui procura les premiers fonds, pu s'établir fabriquant de malles ; il faut voir le penseur dans l'atelier après l'avoir vu dans la lutte politique, pour bien juger l'homme, le citoyen et le poète. Son « Apothéose » et « L'Epave », où tous les crimes des Versaillais sont dévoilés et où Thiers, le sanglant nabot, est flagellé comme il le mérite.

Il tient de *Juvénal* pour les critiques et le coup de fouet utile, car il frappe juste et au bon endroit, et ne le cède en rien à son savant devancier *Beaudelaire*... pour le cri d'âme qui va du songe au trouble et du trouble à l'effroi. Psychologue et combien habile !... son idée est fortement hérissée et s'envole dans des formes claires, et ses métaphores sont parfois de la vivante sculpture ; beaucoup de faits d'âme, nombreux et pantelants, qui feront de son livre un des plus curieux à lire, à étudier et à conserver... car, de ces pages, que Camille a voulu que je présente au *Public-lecteur*, se dégage la belle devise de son **tout LUI** :

FRATERNITÉ UNIVERSELLE,

AMOUR, HUMANITÉ !

Léo TESS

Clichy-la-Garenne (Seine)

1er Novembre 1901.

Sonnet à ma Muse

Muse ! faite d'amour, de souffrance et de haine,
Torrent capricieux, caressant les roseaux,
Calliope ! aide-nous à briser notre chaîne
Des frontières en deuil, fais des doubles berceaux.

Tout est ruine et gémit, descends donc dans l'arène.
La guerre a pris nos fils et brûlé les hameaux
Dans les blés on ne voit que cadavres et corbeaux,
Nos champs sont dévastés, le sang rougit la plaine.

L'heure sonne, Thémis paraît à l'horizon,
Viens venger les martyrs couchés sous le gazon,
Et de l'égalité, déchire donc les voiles.

Rends-nous la liberté, ce don si précieux,
Déesse de justice et fais flotter aux cieux
Les plis du drapeau rouge au milieu des étoiles.

C. A. Roussière.

Ce sonnet est un reflet de l'état d'âme qui m'a guidé en écrivant ce livre de poésie socialiste, qui a pour titre : Apothéose et pilori.

SYLLABUS

Je suis cause des maux dont l'humanité souffre,
Je suis un monstre hideux, mon repaire est un gouffre,
J'ai porté aux humains les vices repoussants,
Ma soutane est couverte et de boue et de sang.
J'ai semé la terreur, fondé des jésuitières.
Vous me devez, Pacha, Rois, Empereurs, frontières,
Par le fer et le feu, je domine en tout lieu,
Je préside à la guerre et je me nomme Dieu !

C. A. ROUSSIÈRE.

LE LIVRE

Je suis soleil de l'âme, étoile de salut,
Horizon merveilleux du peuple irrésolu.
Je sème mes feuillets sur la terre et sur l'onde,
L'univers m'appartient, j'émancipe le monde.

C. A. ROUSSIÈRE.

ÉPIGRAMME A BOILEAU

Dédié aux admirateurs du sieur Louis Numéro XIV
roi de son métier.

Seigneurs de l'Hélicon et de la muse épique
Je vais peindre Boileau de mon vers satirique
Je ne crains pas le blâme, encor moins les puissants
Qui près des haut placés, vont brûler leurs encens
Au risque de déplaire, à moi, le privilège
De secouer un peu, le crottin du collège,
J'ignore des pédants le trésor infini,
Commençant leur savoir juste où le mien finit.

Je veux tel un intrus, gravir le mont Parnasse
Et de mon poing frapper les naseaux de Pégase,
Je suis rustre, vilain, soit... Voyez en un mot
Un classique vénal, critiqué par un... sot...

Un penseur, dit Boileau, doué de la nature,
Ne fera de beaux vers, ignorant la mesure,
L'étude et le bon goût secondé par les grands
Font la rime sublime ignorée aux manants.
Bien qu'il naisse poète, il sera ridicule
S'il n'apporte en naissant blason et particule.

Soit! Horace français, jésuite, épicurien,
On te paya fort cher. Moi! je rime pour rien,
Puisqu'en riant des gueux, tu faisais tes courbettes,
Je veux montrer ici le délégué des bêtes.
Ignorant du français, du grec et du latin,
Elevé à dix ans par un ignorantin
Ironiste et frondeur, j'ai dans une épopée
Tourné en dérision le célèbre Coppée
Et cinglé de mon mieux ses poèmes nouveaux
Où l'orgue et le tambour remplaçaient les pipeaux,
Immortel Flamidien, ami de la routine,
Jugez, il va parler d'une cause intestine,
Et rimer ce beau vers qui le fit mon vainqueur:
Comme une fille avait deux gros accroche-cœur (1),
Cette vaste pensée éclipsa mon poème,
Puis il fut patronné par six vieux porte-veine,
Dix huîtres, quatre sots, deux superbes nïgroils (2),
Un académicien et trois bonnets à poils;
L'institut des gâteux sera son monastère
Et moi, gueux comme Job, j'irai pourrir en terre

Certes, l'aquarium peut me trouver bien dur,
Esclave de la faim et travailleur obscur,
Paria, pauvre échappé, à la mine, à la forge,
Spartacus, qui cherche à faire rendre gorge.
Que m'importe après, si d'un littérateur,

(1) Vers de Coppée dans « La Grève des Forgerons ».
(2) Poisson marqué sur la queue.

Je choque le bon goût, le style, la pudeur.
Je ne m'arrête point au sens de l'hémistiche.
Je fais du naturel... Boileau fit du postiche;
Enfin, n'escomptant pas mes sacrés droits d'auteur,
De l'épicier du coin, j'ai fait mon éditeur,
Et nous ferons ensemble un voyage à la lune.
Le jour où mon poème aura fait sa fortune,
Attendant cet instant, puisqu'il faut rester gueux,
Je ne te lâche pas Despréaux, à nous deux !...
Je vais, à coup de fouet, et de mon vers grotesque,
Te flageller Boileau la face pédantesque.
Je serai la limace à tes deux pieds rimant
Pour déposer sa bave à ton blanc monument.

Tu descends de trop haut. Oui! la chute profonde
Du poète vénal, étonnera le monde.
On ne pardonne pas à l'écrivain sans foi
D'avoir voulu descendre au marlou qui fut roi
Imitant le valet qui rampe et qui rapine,
Tu fus maître de l'art des contorsions d'échine.
Ainsi, pour mille écus, tu jouas l'Escobar
Et tu fis d'un poète, un bouffon de César;
Car pour plaire à ce fat, et frimer le paillasse,
Du fard de sa perruque, on te grima la face.

Tu chantas au lutrin la danse des écus
Dans cette basse-cour de putains, de cocus,
Justifiant tous maux *Vol, Rapt, Viol, Inceste !*

Tu nous montras la cour, un lupanar céleste,
Où le Roi, vieux gâteux, usé et moribond
Disait : l'État, c'est Moi! Assis sur Maintenon,
Car ce monstre puissant que chantait ton génie,
Se vautrait dans la boue et le sang de l'orgie,
Et c'est sur les genoux des catins du palais,
Que notre Porc-royal régnait sur les Français.

Tu chantas ce goujat, sa pourpre et son hermine,
T'eusses chanté Falstaff. Néron ou Messaline.
Illustre imitateur d'Horace et Juvénal,
Théocrite et Virgile. Oh! poète vénal.
Beaucoup de tes sonnets étaient payés d'avance.
Les faveurs, les écus en réglaient la cadence.
Le lucre t'abaissa: semblable aux cabotins.
Tu récitas les vers au chevet des catins.

Quand Molière avait fait une rime savante
Il donnait la primeur d'abord à sa servante.
Il fallait imiter cet esprit magistral
Au lieu de vendre au roi tes vers prônant le mal,
Car cette ingénuité ajoutée à sa gloire.
C'est une perle fine à l'écrin de l'histoire
Que l'usure et le temps ne pourront point ternir.
Baptiste Poquelin ne doit jamais finir
Dans la postérité qui juge et fait renaître.
Si Molière grandit. Boileau doit disparaître
Oui ton épître au roi, sans honte, sans pudeur
A fait de tes beaux vers la bible du menteur.

* *

Pauvre peuple, ce roi l'auteur de ta misère !
C'est celui que Boileau te présenta pour père ;
Il préféra croupir aux pieds du Roi Soleil
Oubliant de chanter le peuple à son réveil.

La révocation du bel Edit de Nantes
Sut charmer ses loisirs et augmenter ses rentes,
Car il applaudissait Madame Maintenon,
La lubrique catin de l'infirme Scarron (1),
Rampant près du vieux paon, jouant au gentilhomme,
Tu grisas de tes vers, ce tigre à face d'homme
Que Montespan (2), traita de si verte façon,
En giflant sa moitié, auprès du polisson !
O poète vendu né pour les bastonnades
Ton encre fut le sang des rouges dragonnades
A la froide terreur tu sus former ton cœur,
Raillant tous les martyrs de ton esprit moqueur.
En vendant tes quatrains au pouvoir despotique
Du temple d'Apollon, tu fis une boutique,
Dans cette cour boueuse avide de plaisirs,
Dont tu sus contenter en tes vers les désirs.

(1) Scaron, cul-de-jatte, époux de Françoise d'Aubigné, maîtresse du roi, devenue marquise de Maintenon et plus tard femme du roi, après avoir été nourrice sèche des enfants que notre vieux porc avait eu de la Montespan.
Cette infâme guenon, aidée par Bossuet, fut cause de la révocation de l'édit de Nantes et des dragonnades.

(2) Montespan ! Mari de la femelle citée plus haut, qui gifla sa femme devant le roi en disant : « Sire, ma dignité me défend de me servir des restes de la prostituée qui sort de votre alcôve ! ». Morale : il fut exilé.
Voilà le grand roi vertueux, qui gouverna la France sous la tutelle effective de Françoise d'Aubigné, et que chanta Boileau.

ENVOI

Oui ! le temps que dura l'infâme dictature,
Le peuple fut sans pain, Corneille sans chaussure
L'on vit, tristes, errants, le cœur plein de regrets,
Des vieillards de trente ans vivre aux glands des forêts,
Des femmes, des enfants, véritables squelettes,
Se cachant dans les bois comme des violettes.
Sire ! lui dit un jour son ministre Colbert,
Vous faites de la France un funèbre désert
Assez de sang versé, que votre pitié sorte,
Vous ne pouvez régner sur une France morte !
Vous gouvernez, grand' Roi, c'est très humiliant,
Trois millions de voleurs et vingt de mendiants.

C. A. Roussière.

* * *

CONSEIL A LOUIS XIV

Va sur ce peuple rebelle venger la querelle des rois.

Boileau.

* * *

SON JUGEMENT SUR MOLIÈRE.

Molière de son art eût remporté le prix
Si, moins ami du peuple en ses doctes peintures,
Des prêtres et des rois n'eût tourné les figures.

Boileau.

LA MORT DE PÉGASE

Dédié à Déroulède, Coppée et Rostang

Pégase que je monte est rétif et fourbu.
Il sort d'un vieux refuge appelé Institut.
Depuis qu'à ses genoux ils ont mis la couronne.
Sully du pont des Arts l'amène à la Sorbonne.
Pour le faire marcher il faut être immortel
Comme Rostang, Coppée et Humbert, Deschanel,
Jadis superbe et fier, sans être couronné
Aurait porté Hugo tout caparaçonné.
On me l'a rendu sourd dans les fêtes publiques,
Il ne distingue plus l'*Oremus* des cantiques.
Fantôme académique aux membres desséchés
On dirait des cerceaux à son dos attachés
Déroulède le veut, mon fameux Bucéphale,
Pour faire son entrée, à Paris, triomphale.
J'étonnerai, dit-il, tout mon état-major
De gaga, je deviens Achille ou bien Hector,
Marchand, Mercier, Brugère, en landau m'accompagnent.
Et le dernier surtout m'a fait voir ses campagnes.
Il faut qu'il soit blindé pour avoir survécu
Car à Fontainebleau, il fut blessé au... (1)

(1) Ceux qui trouveront la rime sont priés de l'envoyer à Coppée.

Avec eux, je pourrais sauver la République,
Mais il me faut, vois-tu, le cheval Homérique
Car Paulus doit venir chanter en mon honneur :
Sauve Rome et la France au nom du Sacré-Cœur,
Millerand et Dommer qui manquent pas d'astuce,
Viendront m'accompagner en chantant l'*Hymne Russe*.
On voulait que je rentre monté sur un chameau,
Je préfère Pégase, on tombe de moins haut.

Coppée

Pégase, il est pour moi, mon vieux polichinelle.
Poète de caserne, on connaît la ficelle,
En jouet de carton on vient de l'exhiber,
Chez Ruel, remorquant, un général plombé.
Norton et Roquefort, cette vieille ganache,
Sur l'air de Boulanger, conduisent la patache,
Et tout empanaché, tu récites des vers
Que tu as filoutés aux quarante *Dos Verts*.
Au milieu du cortège on a mis ta statue,
Et sur ton dos râpé une énorme morue.
Il arrive, il arrive, on crie: Ah ! qu'il est beau,
L'un dit, c'est un fumiste et l'autre un grand fourneau,
Aux marchands de poissons, tu fais de la réclame,
Moi, c'est bien plus sérieux, écoute mon programme :

D'abord, je veux Pégase, et c'est pour faire don
Au roi de la gamelle, à l'illustre Bourbon,
Avant peu ce héros doit passer les frontières
Tout est prêt, *Te Deum* et phalanges guerrières,

C'est moi qui suis chargé de bien le recevoir
Et dois lui présenter les rennes du pouvoir.
Les congrégations et défroqués en tête
Au parvis Notre-Dame, au milieu de la fête.
Sur Pégase monté, en tête des clairons,
Je dois réciter : *La Grève des Forgerons*.
Tu vois, j'en ai besoin pour conduire le sacre.

Prends donc pour la rentrée, un cheval de fiacre,
Pour paraître valide, au pied du Sacré-Cœur.
Passe-toi la pommade et frotte la douleur,
Surtout, ne boite pas, si tu veux qu'on t'admire.
Mets la redingote bleue aux mouchards de l'Empire,
Comme Badingue, au moins, prends tout ce qu'il te faut,
Et surtout mets du lard au fond de ton chapeau.
Raccourcis donc ton nez, greffe la redingote,
Si tu veux ressembler au vaillant Don Quichotte.
Il faut te dessaler, c'est pour le bon motif.
Ton armée impatiente attend sur le fortif.
Casque-d'Or t'a nommé empereur des Apaches,
Mais quand il faut payer, on dit que tu te caches.
Je viens de supprimer la pièce de vingt sous,
Avant peu, les trois quarts seront sous les verrous.
Tu sais que Syveton, cette vieille fripouille
Avant de défiler a mangé la grenouille.
Marque les abatis, tente donc les grands coups,
Tu es irresponsable, on te mettra aux fous,
De là tu rentreras dans un vieux monastère.
Marche ! je te protège ainsi que le saint père.

Tu vois, je suis gentil laisse-moi le carcan,
Je te ferai baiser la mule au Vatican;
Bien mieux, si tu échoues et que je réussisse,
Tu peux conter sur moi, tu rentres à mon service.

ROSTANG

Tout beau, mes vieux gagas. Messieurs les convaincus,
Pour vous mettre d'accord j'ai payé dix écus.
Allez à Charenton. Quant au cheval d'Homère,
Il sera dans deux jours à la cour d'Angleterre.

COPPÉE

Tu le donnes à Edouard, indigne troubadour
Dont les pipeaux fêlés sonnent le calembour,
Après tout, tu lui donnes une vieille haridelle,
Car Pégase aujourd'hui ne vole que d'une aile.
Apollon n'en veut plus, il fait la course à pieds
Il a versé l'Olympe, ils sont tous estropiés.
Et moi, j'en fais mon deuil, j'achète une bourrique;
C'est l'emblème du jour et de la République.
Parle-nous franchement, ne fais pas le têtu,
Est-ce bien pour Edouard, à qui le donnes-tu?

ROSTANG

J'ai payé trente francs pour passer mon caprice,
J'offre le vieux Pégase, à une impératrice.
Plus pour un nettoyage, et des yeux et des dents
J'ai encore versé la somme de trois francs.

Alors tous deux surpris d'un si grand sacrifice
S'écrièrent : « OH! OH! C'EST UNE IMPÉRATRICE! »

Un savant consulté, dit Pégase, est cornard,
Est atteint de la morve, il est bon pour Macquart.

C. A. ROUSSIÈRE.

* * *

Impératrice rime avec *vice*
Empereur rime avec voleur
Tzar avec cornard
Et Déroulède avec imbécile.

C. A. ROUSSIÈRE.

La Vocation de ma petite Henriette

Dédié à ma petite-fille et aux protecteurs de l'enfance

Ouvre donc les grands yeux, ma petite Henriette !
Pourquoi n'as tu pas dit pour le jour de ma fête,
Tendant les bras mignons, le récit si charmant
Appris sur les genoux de petite maman.
Non, tu as préféré, me faire une surprise,
Me donnant le penser de ta belle âme éprise
Du sublime idéal de l'harmonieux son.
A mon âge, dis-tu, point besoin de leçon,
Tu trouvas dix grands mots dans la mignonne tête,
Et tu repris: Oh! moi, je veux être poète,
Je ne récite plus les petits compliments
Qu'on apprend à l'école aux plus jeunes enfants.

Déjà Mademoiselle... on pose au personnage,
On n'est pas plus modeste, oui, chérie à ton âge,
Des livres, des cahiers, j'étais ensoleillé,
Des mots d'un magasin, j'emplissais un feuillet.
Bien convaincue, un jour, j'ai dit, à tante Agathe,
Que Jean le pharmacien se nommait Hippocrate.

Tu te leurres hélas, et ta prétention.
N'attend pas pour parler l'âge de la raison.

De l'idéal, du beau, tu rêves la conquête
Et tu veux me dis-tu, devenir un poète !
Oui ! de tes grands yeux noirs tu cherches les forêts.
Les sentiers de la Muse et laisses les jouets ;
Mais sur ce sol fleuri, mon tendre bébé rose,
Si tu cueilles la fleur, sache au moins qui l'arrose.

Si fortune et grandeur ne viennent protéger
C'est de larmes de sang qu'il faudra l'arroser.
Tu ne crains, me dis-tu, ni revers ni tempêtes.
Que rimer dans les pleurs est coutume aux poètes :
Mais si la plume, un jour, trace le nom d'Armance
Nom sacré de ta mère, il donne l'espérance
Un jour de la revoir, en rêve et de retour,
Descendue ici bas, du céleste Séjour.
Va ! son ombre chérie apporte le courage
Nécessaire, Henriette, au périlleux voyage.
Et tout en écartant les ronces du chemin
L'ombre te guidera, te tenant par la main.
Tu pourras avancer évitant les embûches,
Reine et fée à la fois, de nos sublimes ruches.
Lie à l'humanité les élans de ton cœur,
De la fraternité annonce le bonheur.

O cher petit roseau perdu près du grand chêne.
Il vise le sommet, mais la terre l'enchaîne.
Que Phébus attendri nargue aussi le destin
Dans un blanc rayon, cède, au caprice enfantin

Et reflétant au sol, le gui des branches sombres
Perce, faible roseau, la cime de ses ombres.

Va, que la Muse, enfant, te fasse la leçon,
Chère adorée, adieu, traverse l'Hélicon,
Ah ! gravis le Parnasse. En la sphère éternelle
On peut, grâce à l'audace, être grande, immortelle ;
En ces lieux on perçoit, du beau, l'accord puissant
Écoutant Sévigné, Staël et George Sand.
Tu te reposeras, car ton âge est fragile,
Si tu vois en chemin le Temple de Virgile.

L'essaim des papillons de toutes les couleurs,
Traînera dans l'azur ton petit char de fleurs
Et dans ton rêve d'or, tâche d'avoir l'audace
De devancer dans l'air et Zéphire et Pégase,

Puis d'un astre azuré annonce en tes vers
La solidarité en face l'univers.
Apportant le bonheur, supprimant la misère
A l'ouvrier, l'outil ; au laboureur la terre,
Abandonne les fleurs aux papillons du ciel,
Mais réserve leurs sucs aux abeilles de miel,
Laisse tomber sur nous la joie et l'espérance,
Conduis la charité, qui calme la souffrance ;
Donne au penseur, le rêve, au sage, le bonheur;
A l'exilé, l'espoir, à l'enfant, la douceur.
Chante, oh ! ma bien-aimée, oui, chante avec ton âme,
Chère fraternité, sublime et douce flamme,

A ceux qui croient l'amour vain, volage et charnel,
Dis leur : Tout est néant, lui seul est éternel.

Puis de ton char de fleurs, laisse tomber la gerbe,
Change la terre aride en un tapis superbe
Argente la prairie et dore les coteaux.
Jette dans les blés mûrs, bleuets, coquelicots,
Et toi, la bonne fée, ô mignonne Henriette,
De la touffe de fleurs, garde la violette.

Avec ta lyre d'or, dans un vers immortel,
Descends dans un rayon du palais éternel ;
Inspire nos esprits, terrasse la matière,
Combats l'hydre mortel à la face altière.
Alors je pourrai croire à l'immortalité,
Au doux rêve idéal d'un bonheur enchanté,
Précieuse folie où l'écrin est la chose,
A l'avenir enfin, à la métempsycose.

Te voir au beau chemin, que tu aurais tracé,
Cachant une surprise et prête à m'embrasser.
Et joyeuse apportant le bonheur au poète.
Me dire: Grand-papa, c'est ton bouquet de fête.
Messagère, je suis, des merveilles des cieux;
J'apporte les trésors que nous cachaient les Dieux.
La liberté d'abord admirable et sublime,
Et puis l'égalité venant combler l'abîme.
Je reflète un portrait, image de douceur,

O grand-père, vient lire, avec joie en mon cœur.
Oui, là veille une flamme, un bonheur éphémère,
Car dans mon cœur d'enfant, j'ai mis l'âme à ta mère,
En me donnant son nom, tu comblas tous ses vœux.

Prends donc plusieurs baisers puisque nous sommes deux.

> Au vers en italique, au souvenir, doux charme,
> L'hémistiche est pointé par une grosse larme.
>
> *Hommage spontané, tendre et filial*
> *de l'auteur à sa mère.*

O douce illusion ! pourquoi n'es-tu qu'un rêve
Balancé par les flots, toujours loin de la grève
Chante, ô mon Henriette, et reprenons nos sens,
La muse fait revivre au son de ses accents.
Mais il est beau de voir l'aurore boréale
Noyant dans ses plis d'or la pierre sépulcrale.

La mort, c'est le néant, la paix, l'éternité,
La fin de la douleur pour le déshérité.
Puisque le vrai, le beau, le talent, le génie
N'ont point place sans l'or au banquet de la vie,

Eschyle et Juvénal revenus parmi nous
Du monde d'aujourd'hui seraient traités de fous.
Car notre gouffre humain vomit de son cratère
L'ambition, l'envie empoisonnant la terre.
La justice se meurt, la misère en retour
Brise au nom de la faim ce qu'avait joint l'amour.

On fait de l'ange pur une prostituée.
Fille-mère, à seize ans, maudite et rejetée,
Car la société, sous l'égide des lois,
La frappe sans merci, sans pudeur à la fois.

Va, la vocation, ma petite Henriette,
Un jour t'éclairera, pour la lutte sois prête,
Elève donc ton âme, enfant jusques au ciel,
Bannis de ton cerveau corruption et fiel,
Contre le sot orgueil, exerce ton génie
Et frappe les méchants par la fine ironie.
Marche droit devant toi, sans défiance ou peur,
Dédaigne les tyrans affolés de stupeur

Accorde aussi ta lyre avec les airs de fêtes
Que chantent dans les bois, les pinsons, les fauvettes,
Ce qu'ils disent entre eux : l'Hymne à la Liberté,
La chanson de la Terre en sa fécondité.

Chante, ô mon Henriette, enfant de la nature,
La mer calme argentée, a l'enivrant murmure,
Les beautés de l'aurore au lever du soleil,
Le doux bruit du ruisseau, le peuple à son réveil.
Nargue aussi de Noël l'albe fleur si cruelle,
Aux petits sans sabots, chante la villanelle,
Afin que dans ton chant sans cesse soit traité
Le bien, le vrai, le beau, l'amour, l'humanité.
Sous tes beaux doigts de fée, ah, fais vibrer ta lyre,
Console le poète et chasse son délire.

Chante la source pur et l'hymne amer des flots
Pour calmer les douleurs, apaiser les sanglots
Et tout en apportant l'espoir de délivrance,
Viens planter l'olivier sur les bornes de France.
Que la guerre homicide et fusils et canons
Sur la terre ne soient qu'un souvenir : des noms
Que Minerve et Cérès, exaucent nos prières,
QU'UN RAYON D'ÉPIS D'OR EFFACE LES FRONTIÈRES.

Nuit du 17 au 18 octobre 1901.

C. A. Roussière.

La première Croix de ma petite-fille

Je ris des mannequins chargés de croix d'honneurs,
Vaincus par les Prussiens et de Paris vainqueurs,
J'ai toujours méprisé ces phalanges guerrières.
Qui du sang des Français tachent leurs boutonnières,
Mais hier, mon Henriette avec son frais minois,
M'a dit : Mon grand papa, je t'apporte la croix.
L'objet de ton mépris, je le réhabilite.
On décore chez nous, celle qui le mérite.

C. A. R.

BAZAR DE LA CHARITÉ

Souvenir de la nuit du 4 Mai 1897

La nuit de l'incendie du Bazar de la Charité *Cinq mar-tyrs*, penseurs ayant fait le sacrifice de leurs vies, et de tout ce qu'ils aimaient, attendaient le *Garrot* dans la chapelle des suppliciés à Barcelone. Leurs crimes de tout temps, ont servi de légende à cet immortel tableau.

On les persécute, on les tue; mais après un long examen, On leur dresse une statue pour la gloire du genre humain.

Comparaison philanthropique

Le grisou des mines de la Grand-Combe (Gard), grâce au *Dieu bon !* qui règle nos destinées, ayant fait trois cents victimes, une souscription nationale fut ouverte et close au bout de huit mois, ayant produit la somme dérisoire de 690 : Celle du Bazar de la Charité est close, au bout de huit jours, et se monte ô ironie ! à plusieurs millions ! que les ducs, marquis et barons furent obligés de se partager.

Les pauvres chers honnêtes gens. Que le lecteur conclue! Peut-être m'excusera-t-il de la brutalité et de la forme littéraire de mes vers.

Camille A. Roussière,
Ex-mineur de la Grand-Combe.

Il y avait une fois... un Bazar de la Charité

France, pleure un moment tant de nobles victimes,
Dois-je écrire accident ou tracer le mot : crimes.
En mon esprit rêveur, je vois fatalité,
La mort régnant partout avec égalité.
C'est l'horrible en son jeu, grand faiseur d'hécatombes,
Frappant l'humanité, lui creusant bien des tombes
Makau, Bartoux, Perrier, bourgeoisie et blasons
Regardent femmes, enfants, au milieu des tisons.
Montrant la fleur de lys, de sang éclaboussée.
Laissent brûler vivante et sœur et fiancée.

Ils eurent pour secours la bénédiction,
Et le légat donna, pour rien, l'Extrême-Onction,
Criant : Dieu de bonté, en tes décrets sublimes,
Choisis pour tes élus les plus nobles victimes.
Purifie, ô Seigneur, les futurs bienheureux,
Aide-lui, Saint-Esprit, par les langues de feux !

Divine Providence, ah ! que tes destinées
Ont dû bien châtier les grandes blasonnées.
Monstre, fils du destin, mais qui t'a donc conduit
Pour rendre coup pour coup, dans cette horrible nuit,
Où le Dieu des Français avec le Dieu d'Espagne
Venge des innocents retenus dans le bagne,

Feu, frère du garrot, redoutable fléau,
Ouvrant, ici, là bas, pour chacun un tombeau
Et rougissant le ciel, apportant la nouvelle
Aux martyrs enfermés dans la sombre chapelle,
Attendant le garrot, pour le crime odieux,
De ne pas vouloir croire au doigt de *Monsieur Dieu*.

SOUVENIR

Nous ne partageons point vos douleurs, vos prières,
Car le récent passé des gloires militaires,
Nous laisse le cœur froid, songeant aux massacreurs
Qui semèrent l'effroi, jouant de nos malheurs.
Oui ! ces capitulards, généraux de fortune,
Vainers des Prussiens, vainqueurs de la Commune,
Dans les rues de Paris ont fait couler le sang,
Dans le féroce espoir d'avoir un drapeau blanc !

Le massacre à leurs yeux, ne manque point de charmes.
Les horreurs de l'armée, a su sécher nos larmes !
Ne ressemblent ils pas aux sinistres bûchers
Dans la mare de sang, ces cadavres jonchés ?
Vous chantiez *Hosanna !* coquettes arrogantes,
Les bottes des soudards étaient toutes sanglantes.
Vous vous réjouissiez de toutes nos douleurs
Un crasseux scapulaire avait voilé vos cœurs.
Pour voir les fédérés qu'on fusille en masse,
Tout le pieux faubourg se rendit sur la place.

Messaline, Agrippine, Antoinette Capet,
La Carayon-Latour, la dame Galliffet,

Du nom de Charité ornaient leurs potinières
Où se réunissaient les grandes douairières.
Ce pieux rendez-vous du culte du mépris,
Où le fard parfumé masque mal les débris.

Comme le prouve bien ces sinistres perruques,
Ces râteliers dorés et poils teints sur les nuques,
Trois crins gris au pubis, un bandage au nombril,
Ne représentent pas un monde bien civil ? (1)

Mais nous respectons trop l'œuvre philanthropique
Pour laisser sur ce point, la place à la critique :
Les pauvres accourus, formant processions
Et munis des billets de leurs confessions,
Touchent chacun trois sous : les familles entières
Vont recevoir six francs, payables en prières.
Mineurs de la Grande-Combe, avec dix mille francs.
Bénis du Sacré-Cœur, vous serez tous contents
Vous vous consolerez de la perte d'un père,
Toi, mère, de ton fils, et, toi sœur de ton frère.
Car pour faciliter votre digestion
Nous vous les enverrons en poudre et en plomb.

Et vous, pauvres petits, cherchant des yeux vos mères.
Au Dieu du bon secours, adressez vos prières.

(1) Citation prise dans un journal de sacristie, rédigé par l'être le plus répugnant de la presse parisienne : le marquis Luçay de Roquefort.
Aussi, j'en demande pardon aux personnes qu'animaient les vrais sentiments de la philanthropie et croyaient, par leur présence faire œuvre de charité.

Remerciez ce monstre, il vous fit orphelins,
Mais pour qu'il vous bénisse, à ses prêtres malins,
Apportez votre offrande, et sa bonté divine
Pourra vous préserver du grisou de la mine !

ENVOI

Fils du noble faubourg, élégant châtelain,
Bon pour être officier, un cierge dans la main,
Au bazar, vous avez prouvé votre courage.
Superbes blasonnés, digne du moyen âge,
On reconnaissait là les vrais fils *des Croisés*
Race à l'élan sublime, aux muscles éprouvés,
Vous vous êtes servi avec **grandeur d'âme,**
De vos pieds, de vos poings, pour éviter la flamme,
O sublimes héros ! vous êtes triomphants,
Vous avez piétiné des femmes, des **enfants,**
Nobles fils de laquais, à l'âme basse et vile,
Avortons parfumés d'une caste inutile
Vous nous avez prouvé pour votre déshonneur,
Que vous ne valez pas les bras d'un vidangeur (1).

C. A. Roussière.

(1) Héros qui se lança dans les flammes pour sauver les mères et les sœurs des aristocrates et qui avait pris la fuite.

Ceux qui prétendent qu'un être suprême règle nos destinées, font de leur manitou un monstre possédant la quintessence du crime.

Maxime pouvant servir d'épitaphe.

C. A. R.

Une Visite à l'Aréonat

Dédié à mon ami Robert et à son collaborateur Pillet.

Je sors charmé, rêveur et veux chanter l'audace
Des conquérants futurs de l'air et de l'espace.
Vous voulez, dans l'azur parcourir l'infini
Et traverser les mers, lorsque le sol fini.
Et dans votre projet, grandiose et sublime
Sonder l'immensité, de la cime à l'abîme.
Sur l'agile appareil, construit par deux Titans
Que peut faire mouvoir un enfant de quatre ans,
De Papin, de Jacquart et d'Archimède, émules
Votre œuvre fait rêver aux grands travaux d'Hercules :
S'ils vivaient de nos jours, Alexandre et César
S'inclineraient devant la puissance de l'art,
Leur orgueil essaya dans un songe éphémère
Sur des corps entassés, de conquérir la terre ;
Tandis que mes héros, géants audacieux,
Défiant l'Eternel, osent braver les cieux,
Guidés par le progrès, le Sublime Idéal
Volent au firmament d'un geste magistral
Et bravant les périls, emportés par Zéphire
Vont dans l'immensité chercher un autre empire.
Elan majestueux ! Pilotes indomptés,
Ils veulent dans le ciel, avoir droit de cités.

ENVOI

L'Aquilon en courroux, déchaîne la tempête
Et le dieu menacé, s'apprête à la conquête,
Lançant dans la coupole et foudres et canons ;
Mais en lettres de feux soudain brillent deux noms :
Car malgré l'ouragan, le tonnerre et l'orage,
Mes héros sans trembler, ont vu fuir le nuage,
Et Jupiter, joyeux a tracé dans l'éclair,
Le nom du conquérant : c'est le Pillet-Robert.

C. A. Roussière.

Imprécation - Satire

Dédié à Monsieur Hure, Maire de Bagnolet.

> L'ambition, l'orgueil, le désir de paraître
> Ont créé tous les maux que le globe a vu naître.

O Dieu, moi qui croyais ceindre mon auréole,
Au plateau Mallassis dressant mon capitole
Hélas ! j'en perds l'espoir, en mon rêve déçu.
Je me voyais déjà donnant mon aperçu,
Exécutant assis dans ma chaise curule
Une massue en main, tous les travaux d'Hercule.

Au milieu des Titans, César, Brutus, Scipion,
Entouré de Sigot, Zagalas et Gouyon (1).
J'ai su vous gouverner presqu'à l'état sauvage
Et vous ai par trois fois tiré de l'esclavage.

Si je n'eus réformé vos usages et vos lois,
Vous en seriez encor réduits aux glands des bois,
Vous restiez pour la France une race étrangère,
Si j'avais refusé de vous servir de père.
De vos barbares mœurs, j'adoucis l'âpreté
En vous donnant le ton de la civilité.

(1) Membres du Conseil de Bagnolet.

Car sacrifiant tout à la chose publique,
De Nessus, sans trembler, j'endossai la tunique
Et en brisant vos fers tout comme Spartacus,
J'employai la douceur du grand Germanicus.
Je me fis tour à tour, Cicéron, Callisthène,
Et fus dans Bagnolet un nouveau Démosthène.

De votre ingratitude, enfin j'aurai raison.
Après tout, je vaux bien Basile et Bridoison.
Votre lâche abandon vient me grandir en somme :
Le vertueux Caton fut bien honni dans Rome.

Ma sévère éloquence, oui, sans prétention
Vous prive à tout jamais de ma protection.
J'ai sauvé Bagnolet, croyez-en ma parole,
Les oies sauvèrent bien Rome et le Capitole.

Oui, sans ambition, mon front pur s'inclina,
Mais je reste tribun, tel Gracchus et Cinna,
Comme Cincinnatus, je reprends la culture,
A moins que l'on ne m'offre un jour la dictature !

Mon nom à la mairie, au porphyre incrusté,
Passera malgré vous à la postérité.

ENVOI

Oh ! vous ingrats pygmées du centre et des coutures,
Puissiez-vous à l'instant, recevoir sur vos HURES,

Les Lilas et Noisy, Romainville et Pantin,
Pour m'avoir méconnu, tel on fait d'un crétin.

Que ne puis-je abolir votre race nomade,
Par l'opération que fit faire Alcibiade (1),
Et vous voir chez Pluton, meurtris, chargés de fers,
Le Dante vous ouvrant les portes des enfers
Afin que vous goûtiez tous les malheurs ensemble,
Que votre futur maire en tous points me ressemble.

Camille A. Roussière.

(1) Coupa la queue à son chien.

Fleur d'Espérance

Tu as pu conserver les doux yeux, ton sourire,
Tes noirs cheveux crépés, la taille fine encor ;
Idéale beauté, défiant le martyre,
Attends de l'avenir un généreux effort.
Fillette, tu portais le nom de Marguerite.
Fleur que les amoureux effeuillent un peu partout.
M'aime-t-il tendrement? demandais-tu   bien vite.
Et la cruelle sœur, répondait pas du tout,

Ta belle âme éplorée appelle l'espérance.
Brunette, au cœur meurtri, l'avenir tend ses bras.
On peut toujours aimer et narguer la souffrance ;
Le passé peut s'enfuir, le cœur ne vieillit pas.

C. A. Roussière.

L'Epave de la Semaine Sanglante

Souvenir des crimes du 20 Mai au 3 Juin 1871

Dédié à la Citoyenne LOUISE MICHEL

Quel est donc le démon, qui jette l'épouvante,
Au bandit qui créa la semaine sanglante.
Peuple, c'est la justice ! annonçant son réveil
Et des repus du jour vient troubler le sommeil.
C'est la *Raison*, le *Droit*, dominant la tempête,
Dont les flots sont de sang, et l'épave une tête
Atterrée et venant du fort de Nouméa,
Ayant pour auréole un bonnet de forçat.

L'ouragan apaisé des débris de la flotte,
Soudain nous apparaît une femme (1), un pilote
Tenant le gouvernail du vaisseau démâté.
Sa boussole est justice : au port Egalité,
Et malgré les tourments d'un régime **féroce**,
Elle prêche le droit qui doit primer la force.
Toujours à l'opprimé, elle porte un secours.
Sa vie est un martyr ! Sa haine, de l'amour...

(1) Louise Michel, institutrice, révolutionnaire, écrivain éminent. *Charité faite Femme.*

L'humanité paraît, sous ce semblant de haine :
La douceur de l'enfant, cache une âme romaine.
Pour défendre le faible, écrasé par le fort,
Auprès de ses bourreaux, elle brave la mort...

Et lorsque le bourgeois, plus ou moins populaire,
Insulte avec rabais l'auteur de *La Misère*,
Quand l'écrivain *Louis Blanc*, traître à la République,
Encense Messieurs Thiers, Galiffet et sa clique !
Qu'on voit l'assassinat des lâches applaudis,
Auprès de cette femme, ô grands, vous êtes petits!

Les *Dufaure* et *Picard*, voilà leurs créatures.
Ils puisent la raison à ces sources impures.
Quand l'orgueilleux repus fréquente le salon,
Défendre l'opprimé, c'est avilir son nom :
Tranchant la *question sociale* à leurs aises,
Nous remplace le pain, par les balles françaises...
O *Marianne !* en ce jour, je songe à nos malheurs,
Aux élus des bourgeois, lâches et vils menteurs,
Qui font de l'Elysée un lieu plein de débauches,
Où tu te prostitues aux droites et aux gauches
Et donnes au Mameluc, avide des plaisirs,
Ton corps, ton sang, ta chair, pour combler leurs désirs.

(1) Louis Blanc vota des remerciements à M. Thiers après le massacre des Parisiens.

Epicuriens blasés, courez aux préfectures;
Apprêtez votre Muse, aux grasses sinécures.
Le Bohême Italien (1) désire un piédestal,
Et fera dix préfets, pour un seul madrigal.

Autrefois, sous l'ombrage épais de nos forêts,
Une Muse indiscrète écoutait les **secrets**.
Alors le monstre Idée embrassait l'horizon
Entre deux arbres verts, nommés Rime et Raison...
Les uns avaient pour eux, le chaume, le rivage,
La nature à la Muse, offrant un doux **mirage**.
D'autres insouciants des maux que nous souffrons,
D'un poëme de fleurs ont couronné leurs fronts.

Mais les grands d'aujourd'hui contemplent l'infamie
L'esprit et le talent bercent la **tyrannie**.
Enfermant les vertus au fond d'un coffre-fort,
Ils règlent leurs sonnets, au diapason de l'or.
Simon, Martin, Littré, Louis Blanc, bien qu'on en dise,
Ont écrit sur leur nom, le mot de Marchandise
Et l'écrivain bourgeois limité sa **grandeur**
A l'or du policier qui se fait éditeur!

Mais pour montrer à tous qu'ici-bas je dédaigne,
Les leçons qu'un *Simon* au pauvre peuple enseigne,
Laisse-moi rechercher L'épave mon objet ;
Muse, guide ma plume et reprend mon sujet.

(1) Gambetta, né à Cahors, fils d'un épicier d'origine italienne.

L'héroïne du peuple, à nos bourgeois féroces
Montre avec grandeur la laideur des négoces.
Humble et presque pieds nus elle monte au sommet
Où la charité vraie et digne désormais.
Elle veille l'enfant, se penche sur la tombe,
Aide le miséreux, qui, foudroyé succombe.
Très calme et magnifique, on la revoit partout.
Elle passe humble et fière, interroge et voit tout :
Oui, tout ce qui fut grand dans le bien et l'outrage,
Tout ce qui disparaît au milieu de l'orage :
Le passé, le présent, le crime, le bourreau,
L'avenir outragé en rentrant au berceau.
L'hospice où les vieillards délaissés agonisent,
L'orgie et l'homme noir caché dans les églises,
Et, attendant sa proie en sa bestialité,
Monstre hideux, rêvant viol, puissance, iniquité.
Peuple, dit-elle enfin, les filles sont trop belles,
Pour vierges, les livrer à ces polichinelles.
Envisage bien tout dans mon triste tableau,
Car, pour mieux l'éclairer, je lève le flambeau.

Regarde, réponds-moi. Crois-tu que j'exagère ;
Examine partout cette affreuse *misère*
La mansarde où président et l'horreur et la faim,
La femme dans la rue affolée et sans pain,
Que guette un policier ou le bourgeois habile
A profiter hélas de l'être sans asile.
L'épave va plus loin; elle ouvre à tous les yeux,
Les portes des maisons au luxe audacieux.

Les lupanars dorés, qu'alimente la source
Des femelles sans nom, que l'on cote à la Bourse,
Et de la vérité approchant le flambeau
L'opprimé voit enfin tout un monde nouveau :
L'égalité, **le droit**, l'honneur et la justice ;
Appuyés sur la force et châtiant le vice,
Ne rêvant que bonheur, dévouement, charité,
Dans cet idéal pur, qu'on nomme Egalité.
Loin d'elle cet orgueil qui fait la mascarade,
Pour elle le pinacle est une barricade,
Et sur cette hauteur, avec ton bataillon,
Dans Lutèce, on t'admire, ô fille de Scipion ;
Tu luttes avec ardeur, et pour le droit de vivre
En narguant le soudard, gâteux et moitié ivre...

La fumée auréole un trône de pavés
A l'ombre du drapeau rouge des fédérés ;
Vivre libre ou mourir ! sort de toutes les bouches.
Les faubouriens tombant, demandent des cartouches,
Sur les débris du trône où naîtra la raison,
L'ouvrier expirant, jette son oraison.

Les soldats Versaillais, dressés pour le carnage
Sur des pauvres blessés, essayent leur courage,
Aveuglés par l'alcool, qu'on leur verse toujours,
Ils ont frappé des corps glacés depuis deux jours !...

. . . .

Les bourreaux étaient las... Paris n'était que flammes.
Des cadavres partout, d'hommes, d'enfants, de femmes !
On s'arrêta pourtant sur l'ordre à Foutriquet (1),
Et les héros vaincus servirent de jouet.
On les montra d'abord aux dames de Versailles,
Car l'honnête bourgeoise aime à voir les canailles !

La femme au vieux *Cissey* (2), la fleur du putana !
Kaula (3), puis ses amies en chantant *hosanna* !
Les yeux noirs de débauche au sortir de l'orgie.
Se montraient leurs amants, saouls dans l'orangerie :
Égarés, titubant, ils vont au tribunal,
Honteux traîneurs de sabre et noirs démons du mal.
Ces vaincus de Sedan, prenant des airs de sacre,
Visage souriant, commandent le massacre :
Beaucoup furent sortis blessés des hôpitaux.
Fusillés dans la rue. Infâmes et vils bourreaux,
Il faut frapper les fils de la fille publique,
C'est ainsi qu'ils nommaient la jeune République !
Tous les soudards fourbus, de Metz et de Sedan,
Mac Mahon, Canrobert, Galiffet et *Clinchant*.
Les jeunes endormeurs (1) et les vieux porte-veines,
Fusiller les vaincus pendant plusieurs semaines.

(1) Épithète dont fut qualifié l'infâme Thiers.

(2) Cissey, ministre de la guerre, professeur de pornographie.

(3) Kaula, maîtresse du vieux gaga Cissey, espionne allemande chargée de remettre les plans français à l'ennemi, ce dont elle s'acquitta fort bien ; du reste, l'imbécile s'y prêta à merveille.

(4) Endormeurs ! Allusion faite au procès de Toulouse, dans lequel furent impliqués des officiers accusés d'avoir endormi une jeune fille de douze ans pour assouvir sur elle leur bestiale passion, qui est la conséquence fatale de leur éducation. Voir le livre d'or de l'armée : *Anastay, Mercier, Doineau, Voulet* et *Chanoine, Galiffet* et *Pranzini*, etc., etc., etc.

Pour le parti de *l'ordre*, un bandit au pouvoir
Des fossés de Paris fit un vaste abattoir...
Et dans le sang français qui coulait sur les berges,
Tous nos capitulards trempent leurs EPEES vierges !
On vit ces assassins chamarrés brodés d'or,
En fumant un cigare, ordonner une mort.
Tout ce qui se nommait déshonneur, crime, vice,
Au nom de Transnonain rendirent la justice...

Ah ! que d'écœurements à ce grand souvenir ;
Mais ayant commencé, je me dois de **finir**.
Falstaff et Bridoison, pour les conseils de guerre
D'un gros caillot de sang, ornaient leurs boutonnières
Pour servir les Prussiens, autour du drapeau blanc.
Voici le grand trio : *Thiers, Broglie* et *Louis Blanc*,
Tous d'accord dans le fond, ennemis pour la forme ;
Pour eux le travailleur n'est qu'une plate-forme.

Lorsque notre héroïne apparut à leurs yeux,
Ces brutes avinés, se montrèrent joyeux.
Ils croyaient, lui parlant de leur Calédonie,
Porter un coup mortel à cet ardent génie ;
Ces lâches égorgeurs, du droit de la raison,
Croyaient bien la dompter par la déportation,
En agitant son spectre aux yeux de notre épave,
Qui sublime et debout se montrait fière et brave...
Dans un rire **bestial**, coupant un sot discours,
Dirent : A Nouméa, vous finirez vos jours !

Mais narguant ses bourreaux d'un superbe mépris,
LA FILLE DU TITAN RECLAMA SATORY.

La terreur blanche est morte, oh! grande citoyenne !
Nous admirons en toi la vertu plébéienne.
Saluons son retour. Et toi, rouge drapeau,
Fais onduler tes plis. N'es tu pas le plus beau ?

C. A. Roussière.

*
* *

VERSAILLES-LA-MAUDITE

Aussi tout fini le chacal la visite,
Les murs vont décroissant sous l'herbe parasite,
L'étang s'installe et dort sous le dôme brisé ;
Sur les rois sculptés marche la bête fauve.
L'antre se creuse où fut l'incestueuse alcôve ;
Le tigre peut venir où le crime a passé.

V. H.

Belle Capricieuse

On admire toujours la douceur mignonnette,
Et les grands yeux d'azur au regard tendre et doux.
Tes appas orgueilleux, gonflent la chemisette,
Les miettes de ton cœur rendraient les dieux jaloux.
Sur l'émail argenté de tes quenottes blanches
On voit s'ouvrir la lèvre appelant le baiser
La beauté de tes bras, la forme de tes hanches,
Font rêver le poète aux *joies* du verbe aimer.

. . . .

On voit, dans tes beaux yeux, les élans de ton âme,
Ton cœur ne peut cacher le désir de tes sens.
Ton masque de pudeur laisse encore voir la flamme
Que possédait Vénus, a l'âge de vingt ans,
Je vois de tes flancs nus, la forme si coquette,
Impudique pudeur, reine de volupté,
Car ma Muse en un vers, enlève ta toilette,
Et seuls, les longs cheveux cachent la nudité,
Tes lèvres, les grands yeux se tournent vers Cythère.
Démon de la luxure, amour mystérieux,
Ange tombé du ciel pour embellir la terre.
De tes seins arrogants, tu menaces les cieux.

. . . .

Au désir de la chair, réalisme suprême,
Vierge, tu as tissé le voile de ton cœur,
Que j'ai su déchirer, femme, dans un poème,
Pour cueillir un baiser, une rose, une fleur.

C. A. Roussière.

Portrait de Théodora

Dédié à Sarah-Bernhardt

Femme, de ton génie, un poète se grise,
Reine ou bohémienne, en toi tout s'harmonise.
Calliope à la scène, idéale beauté,
Divinité de l'art, réelle majesté
Voyant les blonds cheveux, former une auréole,
Au teint de rose-thé, aux grands yeux de créole,
J'ai cru voir encadré au milieu de ses flots,
Une antique beauté, Cléopâtre ou Sapho.
Médaillon de Phidias, œuvre de la nature,
Profil grec, phocéen, dont l'harmonie est pure,
Etoile détachée à la voûte des cieux,
Déesse de l'esprit aux sons harmonieux,
Prêtresse universelle et nouvelle Méduse,
Envoyée sur la terre interpréter la muse.

O nymphe de Jouvence, un éternel printemps,
Préserve la beauté des injures du temps :
De ton ardent cerveau, conservera la flamme,
En ranimant toujours les élans de ton âme.
Aussi, nargue, *Atropos !* sur toi veille Apollon,
Belle jusqu'à la mort, ainsi finit Ninon !

Mon admiration rend ma Muse indiscrète,
Excuse, mais reçois le salut du poète

C. A. Roussière.

ÉPITRE A L'AUTEUR

Nürnberg (Allemagne)
le 24 Mai 1904.

Sur un sol étranger, à l'ombre des wagons,
Dans le charivari des fers et des jargons,
Roulant à toute allure, en des flots de poussière,
J'adresse mon salut à mon ami Roussière.

Au penseur inspiré, à l'esprit souple et fin,
Au poète frondeur, au naïf, au malin,
Fou jusqu'à la sagesse, au diable et puis à l'ange,
Au rêveur d'Henriette et au brasseur de fange,
Au personnage extrême en ses songes d'amour,
D'humanité, de haine et rêvant tout le jour
A trouver dans son cœur l'antithèse cruelle,
On le geste amoureux digne de la plus belle.

Au frondeur acharné, ironiste et têtu,
Amoureux du néant, professeur de vertu,
Sans maître et sans élève et nouveau Don Quichotte,
Du fouet de Juvénal sait frapper le despote.
A l'hirsute vaillant en ses rudes combats,
A l'amer compagnon triste, brisé et las
Qui cherche dans la muse un oubli éphémère
A la folle terreur, prêtresse du mystère.

A la muse enivrante en sondant l'univers,
La foudre est déchaînée et l'on voit au travers

Les éléments furieux en crise de tempête.
Tes songes font honneur à l'âme du poète,
A toi, passionné de foudre et d'ouragan
Qui sonde avec fureur l'abîme du néant,
Les fléaux naturels, la terre sous l'orage,
Le corps dans sa douleur, la souffrance à tout âge.

Au cœur toujours pleurant sur le champ dévasté,
Par les ordres furieux du bon Dieu détesté,
Monstre anéantissant en un geste inhumain,
La vie et l'avenir du pauvre chérubin.
A celui-là qui voit l'injustice avançant
Impudique, arrogante en son pas triomphant,
Insultant et broyant, faisant courber l'échine,
Dressant notre calvaire au nom de la famine.

A l'ami dont le sang est un volcan en feu,
Où la foudre et l'éclair s'enchevêtrent entre eux.
En Z audacieux, ensanglantant l'espace,
Des crimes des tyrans: *C'est la haine qui passe !*
En délire est ton cœur, tu ressens la douleur,
Tu ouvres sous nos pas un enfer de malheur,
Tu apportes aux humains de ta flamme éthérée
La haine et puis l'amour en ta plume inspirée
Tu meurtris, tu guéris, tu t'élances à la cime,
Et volontairement tu descends dans l'abime ;
Tu chantes et tu gémis, tu ris et puis tu pleures
Et ainsi tu seras jusqu'à ta dernière heure.

   Nürnberg: Tout le monde descend !

E. L. V.

SUZON

Poésie dédiée à MM. Piot et Alphonse Allais
Promoteurs du mouvement contre la dépopulation.

Struggle for life.
Lutte pour la vie.

I

Suzon berce son nouveau-né.
Jean brûle le dernier tison,
Chair à canon, infortuné !
Ma foi, Malthus avait raison,
Car nous avons le ventre creux
Et j'entends le patron qui gronde.
Suzon ! quand on est malheureux,
      C'est criminel
De mettre des enfants au monde !

II

Si je gagnais, dans ma caverne,
En trimant du matin au soir,
Pour tirer l'gars de la caserne
Et la petite du trottoir !
Mais faut, pour nous tenir courbé
Que soldat et catin abonde !
Ma Suzon, ce pauvre bébé,
      C'est criminel
Vois-tu ! de l'avoir mis au monde !

III

A dix ans, un fourbe imposteur
Façonna la bête de somme
En lui donnant pour professeur
Un ignorantin de Sodome.
On fit le patriote pur,
La brute louche et vagabonde,
Suzon, vois-tu, j'en étais sûr,
            C'est criminel
De mettre des enfants au monde !

IV

A vingt ans, soldat sans raison
Nous narra cette odyssée infâme.
En Chine on pillait la maison,
Tuait l'enfant, violait la femme.
Tu nous reviens en vrai bandit.
Va-t'en affreuse bête immonde,
Pauvre Suzon, je te l'ai dit,
            C'est criminel
De mettre des enfants au monde !

V

Pillard soumis, prêt à l'affront,
Un jour oubliant ta consigne,
Ton chef te cravacha le front.
Confus, poltron, tu te résignes
A ta place, j'aurais châtié,
Le soudard en faisant sa ronde
Lâche gueux tu seras renié
            Ah ! j'aurais dû
T'étrangler en venant au monde !

C. A. Roussière.

MES RAISONS

Que ma volonté tienne lieu de raison.

Prot.

Sous ce titre, je vais par quelques notes historiques, as
saisonner de plusieurs coups de lanières, vous prouver
que la raison de l'un est aux antipodes de la raison de
l'autre, car l'une s'appuie sur le droit consacré de jouir,
dissiper au détriment de l'autre. (*Vivre dans l'oisiveté,
qui d'après Lycurgue est l'apanage de l'homme libre*).
Pour cela, trois choses sont indispensables : « L'abondance de bétail humain, l'ignorance et la force. » Voilà
la raison du possédant.

Je sais que beaucoup jugeront mal ces quelques lignes
et croiront que seuls les sentiments de la haine, forment
le fond de ma pensée. Du reste, tous les hommes sont
sots ou méchants : je suis peut-être les deux, mais je sens
pourtant que le choc de deux facteurs en est seul res-
ponsable :

L'Humanité et la Barbarie.

« Tout ce qui est humain me passionne et m'exalte ? »

Mon style grossier, doit vous donner une idée de mon
degré d'instruction. « Ce que le pédant appelle Patos, le
mineur l'appelle du tout venant. »

Malheureusement pour vous, toutes les finesses de la rhétorique ni l'euphémisme du langage, n'empêchent pas les tiraillements d'estomac, ni les enfants de demander du pain, bien que cela ne m'étonnerait pas, qu'il se trouve chez vous des honnêtes gens.

« *A qui n'a pas lutté, la vertu coûte peu.* »

Ceci dit, passons à la raison du dépossédé : elle est basée sur le droit de vivre avec le moins d'effort possible. Elle ne conçoit que deux moyens de vivre : « Le vol ou le travail ». Il est indiscutable que si un être valide ne produit pas l'équivalent de ce qu'il consomme, un autre le produit pour lui. C'est donc un voleur, puisqu'il frustre la collectivité d'une partie de ce qu'elle est en droit d'attendre de lui, en retour de ce qu'elle lui donne. La raison de celui-là, et c'est la raison capitale, c'est d'avoir les juges et les gendarmes à sa disposition pour que les volés, dans un moment de famine, ne touchent pas à sa prébende. Ceci semble tout naturel ; étant donné l'habitude atavique de s'incliner devant la propriété sans discussion. Mais alors pourquoi ces gens-là ont-ils la prétention d'être d'essence supérieure.

Combien faudrait-il de temps à la France pour devenir un vaste cimetière, si les dépossédés se croisaient les bras. Or, nous ne comptons pas parmi les producteurs, les parasites du cerveau qui passent leur temps à écrire des mensonges (c'est leur ancre de salut). Nous refusons de la leur payer : art de tuer, profession libérale, propriété vénale, tout cela se ressemble un peu ; mais **ça ne produit** pas grand'chose. Exemple : un notaire, travaille 4 heures par jour, mais il a cochers, chevaux, larbins, valets de chambre, cuisinière, personnels, pouvant rapporter ensemble 50 francs par jour à la société : en admettant que ces 4 heures valent 5 francs, il reçoit donc 45 francs. Si avec cela il dépense 25 francs, c'est donc 70 francs par jour qu'il vole. Cela m'étonne que M. Piot qui aligne si bien les chiffres, n'ait pas trouvé ce petit problème, qui n'est pas bien malin. Aussi, nous vous considérons comme une bande de brigands organisée, dont les prêtres et les officiers sont vos chefs. Mais vous n'avez aucun droit au nom de Français. Vous êtes les affiliés de l'internationale de l'oppression.

RÉPONSE A M. PIOT, Sénateur

Apôtre de la Repopulation en France

Dans cette réponse, j'explique les raisons qui m'ont dicté les cinq strophes de Suzon.

« Il y a des vérités, si dures qu'elles puissent être,
« Qu'il faut avoir le courage de dire et d'entendre. »

C'est pourquoi, M. Piot, il vous faut commencer par entendre cette vérité, que vos amis ou Messieurs les intéressés, vous ont sans doute cachée. Les trois quarts de vos documents et toute l'éloquence de vos chiffres, forment dans leur ensemble, l'antithèse de votre sujet.

Votre disciple Bernard nous dit cette autre vérité qui, à elle seule ferait trembler votre édifice sur sa base si elle en avait une.

« Le goût des plaisirs tend à se substituer à la passion « du travail et nous sacrifions l'intérêt supérieur de la « nation à l'amour du confortable, qui nous fait consi-« dérer comme un fardeau, comme un bagage encombrant « et trop lourd, les charges de la famille.

Précieuse vérité, logique du gros bon sens, qui aurait dû vous arrêter au commencement de votre livre, lequel est un monument de crétinisme et de mauvaise foi ; c'est ce que je vais démontrer à ceux qui liront cette brochure.

D'abord, M. Piot, comme tous les satisfaits, commence par exciter le patriotisme des imbéciles.

Si les épouses françaises, dit il, avaient la fécondité des allemandes, nous gagnerions 500.000 enfants tous les ans. Ajoutons à ce chiffre 4 millions d'alcooliques, qui font perdre au capital : 2 milliards 400 millions (et que M. Piot prétend ramener à la tempérance). Nous avons une plus-value de 4.500.000 producteurs en plus.

Ajoutez à ces 4.500.000, les chômeurs qui font queue à la Bouchée de pain et aux asiles de nuit, nous arrivons à 6.000.000 de plus.

La moyenne des naissances est d'un enfant par ménage légitime ou non (Je ne fais pas comme M. Piot de préférence, que le concubinage soit légal ou non.) Et certes, la paysanne qui se donne derrière un buisson, a pour moi, plus de mérite et est plus naturelle que celle qui s'enorgueillit de la légitime souillure, parce qu'elle a passé chez le notaire et chez son confesseur, qui, le manuel de Monseigneur Bouvier en main, a pu l'initier à tous les raffinements sadiques de la pornographie. M. Piot demande une moyenne de 3 enfants par ménage, ce qui triplerait notre population ; ajoutez 50 %, dans la mortalité des nouveau-nés, s'il pouvait appliquer son système d'hygiène, et nous aurons avant peu, sur le marché, un capital humain capable de supporter la concurrence étrangère, puisqu'il aurait triplé. Et M. Piot prétend, comme les anciens, que la richesse est basée sur la propriété humaine. Plus il y aura d'esclaves, plus la France sera riche. Par la France, M. Piot entend les gros capitalistes, les sociétés financières, les sociétés minières qui, moyennant 20 frs par kilomètre carré sont maîtres du sous-sol ; les grandes industries, les chemins de fer, la métallurgie, etc... Ne venez pas nous parler de l'abolition de l'esclavage ; la loi des salaires basée sur l'offre et la demande, en est la quintessence. (Plus la bête humaine encombre le marché, moins elle vaut.) Si le système Piot prévalait, une grande économie s'ensuivrait. Pour l'agriculture, plus besoin de vin, plus besoin de blé, plus besoin de viande ni de volaille. Pour nourrir le capital humain, une poignée de riz, comme chez les Chinois (ces travailleurs incomparables) et quelques pommes de terre. Tout le reste constituerait l'alimentation de luxe ; donc nous rendrions tributaires les autres nations, lorsque M. le Capital factice aurait pris sa large part.

M. Piot nous cite en exemple l'Allemagne où la population augmente considérablement et qui a vu en même temps, son capital s'accroître de 6 %, et suit, sans s'arrêter cette progression à mesure que sa population augmente. Seulement, il oublie de nous dire, si cette augmentation de richesse, profite au capital humain ou au capital factice. C'est le morceau le plus cynique de son livre ; on peut mettre le nom de l'auteur entre ces deux adjectifs : « Crétin et gredin ». Et en voici la preuve :

Nous avons en France 72 habitants par kilomètre carré; les Allemands 100, les Italiens, 110, les Belges, 200 ; et l'auteur ajoute : Les Italiens, les Allemands, les Belges viennent en France, la vie y étant plus facile et les salaires plus élevés. Donc la misère grandit chez le salarié avec la population, tandis que la richesse du pays augmente. Mais ce qu'il a oublié de dire, c'est que cette richesse passe immédiatement dans les mains de la classe dirigeante qui en emploie une partie à payer les prêtres pour prêcher la résignation et abrutir les masses. Une autre partie à payer l'armée, qui a pour mission, d'assassiner légalement les producteurs, le jour où la faim fait jaillir de leur cerveau un éclair de raison et les pousse à réclamer pour eux et pour les leurs, les aliments nécessaires pour avoir la force de produire ce que le capital factice exige d'eux. Et l'auteur a raison de dire :

« Qu'il n'y a pas de plus précieux capitaux que le capital humain. » Mais si c'était un homme de bonne foi, il ajouterait : « Ce ne sont pas les travailleurs qui nous manquent ; ce sont les chômeurs. » Car le capital est inexorable, et lorsqu'il juge qu'il y a encombrement de bétail humain sur le marché et que l'avoine et le fourrage manquent à l'écurie, il fixe la valeur du salaire au stock de bêtes humaines présentées. S'il y en a six fois plus qu'il en faut, il paiera six fois moins : c'est-à-dire, 1 franc, ce qu'il aurait payé 6 francs. Total : 5 francs de bénéfice.

Voilà ce qu'on appelle la richesse d'une nation.

Cet aperçu est pour la France ; quant à la Belgique, l'Autriche, l'Allemagne et surtout l'Italie, où le salaire varie de 1 franc à 2 fr. 50. En Sicile, le pays le plus riche de l'univers, la moyenne des salaires est descendue à 0 fr. 35. Ils ont essayé de se révolter : alors, les assassins légaux de M. le Roi ont mis les travailleurs à la raison et on n'en parle plus. On leur a tué femmes et enfants. N'ayant plus d'outils, ils travaillent la terre avec leurs mains ; mais il leur reste la Madone, et cela leur suffit. En venant au monde, on leur a prêché la résignation, donc ils sont persuadés qu'un jour ou l'autre, ils seront récompensés ; le paradis n'est pas fait pour les chiens. Quant à la Russie, rappelez-vous le couronnement du jeune imbécile qui décide de la vie du bétail russe.

Quand le signal fut donné aux malheureux de s'avancer pour manger le bout de saucisse de cheval et le morceau de pain que Sa Majesté daignait leur offrir (avec leur argent), la poussée fut tellement forte qu'un fossé qui les séparait de l'endroit de la distribution, fut immédiatement comblé par les premiers qui roulèrent dedans, les autres passèrent sur leur corps. Total : 3.000 morts !

Voilà le résultat de la faim !

Ces malheureux n'avaient pas l'habitude de voir des bouts de saucisses pendus et des corbeilles de pain. Voilà le rêve de M. Piot et de ses acolytes ! QUEL TAS DE CO-QUINS QUE CES HONNÊTES GENS !

J'ai dit coquin, le mot n'est pas assez cinglant. Je relève les noms de deux de ses disciples ; le grand-père de l'un fut chef de brigands, — le comte de Bernis ; — son camp d'opération se trouvait entre Alais et Nîmes et son capitaine se nommait Trestaillou, en patois du Languedoc, ce qui signifiait trois morceaux parce qu'il avait l'habitude de couper les femmes et les enfants en trois parties. Son petit-fils est bien à sa place dans ce groupe humanitaire. Il y a aussi un officier, assassin professionnel et légal ; cela diffère légèrement des assassins vulgaires. Il y a le risque en moins, la lâcheté en plus avec l'appât d'une récompense, alors que l'assassin illégal expose sa vie et n'est pas assuré d'une grasse prébende pour le reste de ses jours (aux crochets de la République), que ces Messieurs nomment fille publique. Dans les deux cas, un dramaturge a dit : « QUI TUE POUR DE L'ARGENT EST UN IN-FAME. »

Voici le côté comique de leur idéal :

Une perle dont vient d'accoucher un groupe de gâteux : sénateurs, députés et officiers en retraite qui vaut la peine de s'y arrêter. Ils ont imaginé de nommer une commission choisie parmi les crânes déplumés et les podagres, pour aller en Angleterre étudier un nouveau mode de repopulation. Voilà qui n'est pas banal, bien que d'une simplicité étonnante. La Commission a tout simplement la prétention après avoir au préalable essayé et obtenu des résultats sur les lieux, de revenir en France, et nous apprendre « le secret de faire des enfants. » Voyez-vous d'ici Coppée, Lemaître, Brunetière, faisant de la Sorbonne le temple de la multiplication avec ce programme alléchant : « Demain, Coppée nous montrera le système de fabriquer des enfants à l'anglaise : les dames seront admises. » Pour ma part, je doute que les expériences réussissent, étant donné que les vieux gagas que l'on a envoyé à Londres n'étaient pas à la hauteur de leur tâche. Les anciens, pour de pareilles besognes, envoyaient des hommes jeunes et vigoureux. Voilà le tort de ceux qui ont nommé la Commission chargée d'opérer. Ils ont commis la même erreur que le catholicisme, lorsqu'il inventa le mystère de l'incarnation : « On prit un pigeon pour compère **chargé d'opérer**. (Je m'étendrai bien plus sur ce sujet, si la censure n'interdisait pas les récits pornographiques.) Qu'il **vous suffise** de savoir : que le père, le fils et le Saint-Esprit *(voyez pigeon)* ne forment qu'un seul Dieu. Lorsque le Saint-Esprit a opéré, le père et le fils opéraient en même temps. Ce qui prouve tout simplement : que le fils a couché avec sa mère avant de venir au monde. C'est déjà très fort. » C'est peut-être cette méthode-là que l'on nomme procréer à l'anglaise. Bref, vous comprendrez très bien, que si le père, le fils et le Saint-Esprit opèrent de la même manière dans le ciel, le paradis doit être un lupanar céleste.

Enfin, vous conviendrez avec moi, que le pigeon ne devait pas être en forme, puisqu'il résulta de sa fornication, un petit Jésus poitrinaire qui mourut à 33 ans.

Les anciens eux, choisirent pour le susdit mystère dans la mythologie, une volaille bien plus grosse. Un superbe cygne, résultat : deux costos Pollux et Castor, qui eux, pourtant plus modestes, ne furent que demi-dieux.

On me trouvera peut-être un peu trop paradoxal et sceptique. Que voulez-vous, ces Messieurs ont mal débuté ; aussi je ne crois pas en leur succès. Pourtant ils se disent déjà les sauveurs de la société, ayant la quantité, disent-ils, nous aurons la qualité.

Il faut que vous preniez les lecteurs pour des imbéciles, ou alors vous en avez une rude couche. Il est probable que si vous aviez été comme moi, le plus jeune de seize enfants, votre raisonnement changerait de base. Mon aîné, s'il avait été apte, on lui aurait donné une instruction supérieure : le budget familial le permettant. Mais lorsque la misère entra dans la maison avec le cortège de marmots, adieu les rêves d'avenir et les enfants bien élevés ; tout s'évanouit. Ce que mon père et ma pauvre chère mère ont tiré de leur corps pour nous donner le strict nécessaire, ça ne se conçoit pas. Aussi étant le dernier de la nichée, après quelques leçons chez un ignorantin qui m'apprit mon catéchisme, mes prières, le mystère de l'incarnation et l'opération du Saint-Esprit, on me fit faire ma sainte première communion. Ce fut le résultat de mes études ; mon très cher frère ne m'apprit rien, ne sachant rien lui-même, mais quoique gourde, c'était un brave garçon il n'avait jamais connu les bancs de la correctionnelle, ce qui le distinguait de ses collègues. C'est alors que je fis mes humanités. D'abord dans les hauts fourneaux de Tamaris, au puddlage où je traînais les barres. Ceux qui connaissent ce genre de travail, s'ils connaissent leurs classiques, peuvent y voir une des plus horribles pages de l'enfer du Dante. J'avais 15 ans ; tombé en épuisement, au bout d'un an de maladie, je repris ma chaîne et j'entrai aux mines de la Grand'Combe, ensuite dans une usine de produits chimiques, où il fallait travailler avec une éponge devant le nez. Mais où je souffrais le plus, c'est à la fin du mois, lorsque j'allais voir ma pauvre mère, qui voyant mon pauvre corps de 30 kilogrammes, déjà usé par le travail, se trouvait dans l'impossibilité de me garder au logis. Que de larmes n'a-t-elle pas versées ; que de souffrances physiques et morales n'a-t-elle pas endurées.

Dieu protège les grandes familles dit l'homme noir : Hypocrisie, mensonge ? *Société de haine puisses-tu récolter le fruit de toutes les infamies !*

Si j'ai parlé de moi, c'est que je tiens à ce que mes arguments soient irréfutables.

Mes études naissent des besoins de tous les jours, et je désire un avenir meilleur pour les déshérités, par le collectivisme scientifique ou par la dépopulation. Les six millions de voleurs disparaîtront le jour où les trente millions de volés refuseront de faire du bétail humain.

REMÈDE CONTRE LA REPOPULATION

Le docteur Pajot estime le chiffre des avortements plus considérable que celui des accouchements. Le docteur Verrier, toujours d'après M. Piot, affirme que telle sage-femme de Paris, opérait en moyenne, 100 avortements par an. L'éloquence des chiffres de M. Piot est l'antithèse même de sa fourberie.

Puisque vous considérez que cent ménages doivent avoir une moyenne de trois cents enfants pour la prospérité de la France, vous avouez vous-même, Monsieur Piot que vos conseils ne sont pas suivis et que, si les conjoints n'avaient que les enfants qu'ils désirent, le chiffre de trois cents par cent ménages se réduirait à huit.

En écrivant le chiffre de 300, vous auriez dû vous apercevoir que vous prêchiez dans le désert et que M. Tout-le-Monde, n'est pas si bête que vous. Du reste, vous affirmez, que plus le progrès avance, plus la famille diminue, ce qui veut dire tout simplement, qu'à l'avenir il n'y aura que les imbéciles ou les intéressés qui auront des enfants. Moi qui suis humanitaire, je vais citer un exemple : « Rue des Amandiers, vingtième arrondissement, Paris, une jeune femme est morte à la suite d'un avortement. (Elle n'y a pas beaucoup perdu, puisque si tout s'était passé comme M. Piot le désire, elle serait morte sans doute de misère, elle et son enfant.)

Au nom de l'humanité, ne serait-il pas préférable que le Gouvernement installe une clinique dans chaque arrondissement, où des spécialistes feraient avorter les femmes mariées ou non, dont la situation pécuniaire ne leur permettrait pas d'élever des enfants pour enrichir Mme la Patrie ou M. le Capital (1).

Si l'Etat a besoin de défenseurs, libre à lui de créer des haras avec les femelles bourgeoises, nous, les dépossédés, nous leur prêterons des étalons. C'est tout ce que nous pouvons faire pour cette gueuse que vous nommiez : « la Patrie » et à qui vous faites jouer le rôle d'Ugolin. Oui, nous l'aimerions cette Patrie, si vous en aviez fait le patrimoine de tous, au lieu d'en avoir fait la proie de quelques-uns. Et vous voulez, misérables, que nous vous fournissions du capital humain, bêtes de somme, chair à canon ou à plaisir, selon vos caprices, et que le produit de nos sueurs président à vos débauches entre la coupe de Falstaff et celle de M. Thiers. « Le sang et le vin ? » Nos enfants, misérables, nous les aimons trop pour en faire des martyrs, votre chose en un mot, et nous éviterons d'en faire d'autres. Qu'on lise la plaquette de vers : « La Vocation de ma petite Henriette », où j'ai, à défaut de mon savoir, mis toute mon âme, et vous verrez que c'est nous qui avons l'amour de la famille, et vous n'en avez que la haine. Guidés par vos besoins insatiables, votre cupidité

(1) Voir « Conclusion et Comparaison », page 78.

est le maintien de vos privilèges. Rappelez-vous ces paroles que Robespierre prononça à la Convention : « Quand un enfant vient à mourir dans une famille d'ouvriers, cela arrache, pendant quelque temps, des pleurs au couple infortuné. Puis vient une consolation plus terrible que les larmes ! C'est une charge de moins. »

Un siècle a passé, la noblesse a fait place à la bourgeoisie et l'ouvrier est demeuré Jacques Bonhomme. Eh bien ! si le producteur était conscient, il ferait sa nouvelle Jacquerie, par la dépopulation.

Car vos desiderata, Messieurs, cachent un piège grossier, vous avez besoin d'outillage humain, mais vous oubliez de nous dire ce que vous ferez de l'outil, hors de service. C'est un oubli ! Peut-il venir à l'idée de l'idiot le plus inconscient, d'invoquer les droits de l'enfance, sans parler du vieillard. Je comprends très bien votre raison : l'outillage neuf et perfectionné enrichit le capital : celui-là seul vous préoccupe. Quant au vieillard, c'est-à-dire à l'outil usé, il choisira lui-même le tas de ferraille qui lui conviendra, il n'a que l'embarras du choix. Cela ne veut pas dire que votre palliatif suffit à protéger l'enfance.

Erreur ! Vous avez montré plus mal que bien, qu'on pourrait trouver 30 millions pour venir en aide à l'enfance. La belle malice ?

Vous êtes sénateur, M. Piot, cela ne m'étonne pas ; vous devriez être académicien : « Quelle couche, mon ami ! Je vous conseille de lire Darwin; et si vous croyez à l'atavisme, vous pouvez maudire votre caste et vos aieux, vous êtes bien servi. Si vous étiez venu me trouver, je vous aurais prouvé que l'enfant et le vieillard à la charge de la société, puisque l'un ne va pas sans l'autre, nécessitent un budget spécial de un milliard 800 millions. Je vous aurais appris ce que vous feignez ignorer : l'endroit où il faut prendre cet argent. Suppression des armées permanentes, et au lieu d'avoir 800.000 professionnels pour faire la parade et assassiner les travailleurs dans les grèves (sur ce nombre, il faut déduire, 50.000 cire-bottes et rince-cuvettes de prostituées), nous pourrions avoir 5.000.000 de citoyens armés et organisés pour la victoire, comme les Boers, au lieu de l'être pour la défaite en ruinant le pays ! Supprimons les pensions de tous les soudards, fils d'évêques et de valets de chambre. Chassons à coup de bottes, les généraux de 1870, leurs amis et leurs fils, qui, en attendant de pouvoir faire leur métier de capitulard, ont entrepris celui de faussaire.

Autre exemple, fourni par un défenseur du capital, président à la Cour d'assises (Affaire Pranzini), demande : Vous avez été sous-officier, vous avez été un soldat modèle, vous avez servi dans les colonies et il vous est arrivé de couper la tête de vos prisonniers (1).

Réponse : J'ai fait mon devoir comme les autres, vous n'avez rien à me reprocher. — C'est bien, répond le juge malin, les jurés apprécieront. Le fourbe ne s'est pas aperçu que c'était l'institution des assassins légaux qu'il jetait dans le panier de son avec la tête de Pranzini, que les dames de Messieurs les juges surnommèrent le « Guillotiné Sym-

(1) Pranzini avait coupé le cou d'une fille galante.

pathique » du reste, c'était un beau garçon, il avait la peau très blanche au point qu'un mouchard de marque en découpa un morceau pour se faire un porte-cartes, et certes, à côté du lubin, cette odeur de sous-officier modèle, beau mâle après tout, n'était pas à dédaigner. Aussi eut-il dans les salons de la présidence, un succès bien mérité, car ni Gamahu, ni Anastay, ni le répugnant Thiers, ne possédaient pas cette finesse de la peau dont les légitimes calins de la haute sont si friandes. Voilà pour l'armée !

Revenons à l'avantage qu'il y a à avoir une grande famille.

Certes vous octroyez quelques douceurs. 25 % de diminution sur l'impôt direct aux grandes familles, pas de prestations ; total : j'aurai dépensé 600 francs pour former une unité du capital humain et on me remet 10 fr. M. Piot qui m'a l'air de s'y connaître en impôt comme moi en pharmacie, oublie de parler de l'impôt indirect. Il omet de vous dire, que l'ouvrier qui gagne 2.000 francs, quand il les a dépensés à payer 800 francs d'impôts indirects, dont une partie va à l'Etat, une partie aux industriels et l'autre à l'agio. Sur 3 milliards 600 millions d'impôts, 3 milliards. se nomment indirects, 600 millions directs. Patente et propriété forment l'impôt direct ; le patron s'en décharge sur le livre des frais généraux, c'est-à-dire sur le consommateur et le propriétaire sur son locataire. Impôt direct : Néant ! Total : *le pauvre paie tout !*

Quant à l'impôt du sang, M. Piot donne quelques compensations. On diminuerait le nombre des années au corps à partir d'un certain nombre de garçons. Les filles, le père ou la mère infirme, le grand-père et la grand-mère, ça ne compte pas s'ils sont débrouillards.

Avec un peu de protection, ils peuvent avoir un bon de pain par semaine et le jour de l'an, le 14 juillet, des distributions supplémentaires sont faites dans les mairies Que réclament-ils ?

Mon système de l'impôt du sang diffère sensiblement de celui-là. Par exemple, celui qui possède beaucoup, servira beaucoup; celui qui ne possède rien ne servira pas du tout. Exemple : 1.000 francs de rente, un an : 20.000 fr. égale 20 ans ! Equivalence des salaires dans l'armée : un sou et nourri, tout en restant des assassins légaux : on ne pourrait leur reprocher de tuer pour de l'argent. N'avons-nous pas entendu le général Galliffet à propos de la suppression des traitements des généraux inspecteurs s'écrier à la Chambre: « Jamais vous ne trouverez de généraux à ce prix-là ! Or, il s'agissait pour ces individus qui touchent 30.000 francs par an, d'un petit déplacement qu'on leur paie 3.000 francs à titre d'inspecteurs. Ces 3.000 francs servaient à faire un petit cadeau à Mgr l'évêque, le curé ou le sous-préfet, lesquels en retour fournissaient aux galonnés, l'alcôve, la grasse prébende et une voiture pour promener leurs rhumatismes. Il faut donc cesser de payer ces planches à quincaillerie, décorés par devant et blessés par derrière. Quant à ceux qui ne possèdent rien et qui voudraient servir, nous n'avons pas à prendre leur défense : vous traiterez ensemble le prix de la bête. Quant à nous, nous estimons que l'être assez dégradé et répugnant, pour accepter un pareil métier, c'est un bien : qu'il disparaisse de la société. On n'en tuera jamais trop pour ceux qui croient que le patriotisme des officiers est au-dessus de l'argent. Voici l'épreuve qu'il faudrait leur faire subir : « Les réunir tous, leur faire crier : Vive la France, vive l'armée, vive la patrie. » Comme la lâcheté et le cynisme sont leurs qualités dominantes, ils crieront aussi : « Vive la République ! » Après cela vous leur direz : « A partir de demain, vous servirez au nom de la patrie que vous aimez tant : vous serez comme le commun des soldats, nourris, logés et galonnés, aux crochets de Marianne et nous vous rendons l'honneur qui est l'apanage du soldat français. Désormais, vous ne tuerez plus pour de l'argent. Votre paie est supprimée ! » Vive la Patrie ! » Le lendemain de cet ordre du jour, vous compterez les patriotes et vous verrez que la patrie est un mythe qui n'existe que pour ceux qui en vivent. Sur 50.000 officiers, il n'en restera pas 25.

Voilà pour le patriotisme, Monsieur Piot !

Nous voyons sur les journaux le nom des déserteurs allemands, mais on oublie de signaler les déserteurs français. Or, en 1897, Toussaint, député socialiste proposa l'amnistie pour tous les déserteurs ; elle fut votée à l'unanimité, tellement le chiffre les épouvanta : 60.000 ainsi répartis : 27.000 déserteurs et 33.000 insoumis. Voyez que même à l'école du vice, la bestialité et les mauvais traitements devraient avoir des bornes. Mais comme la bêtise humaine n'en a pas, vous avez toujours abusé de la force et vous en abuserez toujours. Prenez garde, nos enfants sont dans la rue, les hôpitaux sont pleins, les asiles de nuit regorgent, les machines sont entre les mains du capital ; il y a donc par votre rapacité, excès de production et excès de population et arrêt dans la consommation.

Vous nous avez tout pris, il ne nous reste plus rien ; vous commencez à trembler, aussi vous nous criez : « Faites des enfants, nous nous paierons sur leur peau. » Si vous étiez logiques, vous feriez comme Gulliver vous l'enseigne : « Engraissez-les jusqu'à l'âge de dix ans et *mangez-les après.* » Il paraît que c'est très bon ! Ce serait moins cruel que de leur sucer goutte à goutte, leur sang et leur sueur jusqu'à complet épuisement.

Allez, Messieurs les repus ! Une chose que vous ne nous prendrez pas, c'est l'avenir et l'avenir nous apportera le plaisir des dieux : « *la vengeance !* »

Camille-A. Roussière.

CONCLUSION ET COMPARAISON

Un docteur prétend avoir trouvé un remède à la tuberculose. Aussi les membres des congrès et tous les savants à masques humanitaires doivent lui élever le plus beau monument du siècle. 150.000 tuberculeux meurent tous les ans en France seulement. Voulant laisser la trace immortelle de mon passage sur la terre, je demande que l'on dresse un monument à ma mémoire proportionné aux services que j'aurais rendus à l'humanité et qui devra, si vous êtes conscients, dépasser de 100 coudées celui du docteur en question, étant donné la certitude des résultats et le nombre des victimes épargnées, 2 millions tous les ans. Cet énorme chiffre force le siècle présent et les siècles futurs à glorifier ma mémoire. Contrairement au docteur, je n'ai pas pris de brevet ; on peut opérer soi-même. Toutefois il est préférable d'avoir recours à un professionnel ; mon principe est expliqué à la page 71 (1). Que l'État s'empare de mon procédé et le mette en pratique, je garantis que les cliniques chargées d'opérer, ne chômeront pas ce qui sera une preuve irréfutable de l'excellence du système, dont M. Piot et tous les faux bonshommes ne manqueront pas de faire profiter leurs femmes et leurs filles. Résultat annuel, 2 millions d'êtres qui meurent d'excès de travail, de privations, de faim, sous le fouet de l'offre et la demande, auront place au banquet de la vie, car la marchandise humaine faisant défaut sur le marché, le salaire sera basé sur la valeur réelle des produits et l'*hydre Capital* n'étant plus alimenté par la bêtise humaine, s'épuisera, le travail deviendra obligatoire pour tous.

Collectivisme, révolution ou dépopulation.

Si tous les intéressés et les intéressantes apportent leurs pierres, j'aurais un gigantesque monument.

C. A. Roussière.

Réforme Mythologique

O vous, noms vénérés de la Sainte Ecriture,
Chassez les Dieux païens de la littérature.
Cérès, Flore, Thémis, Jupiter, Apollon,
Vont être remplacés par Andoche et Simon.
Orphée et le Dieu Pan, fameux joueur de harpe
Vont être détrônés par le vieux Polycarpe ;
Madeleine en cheveux remplacera Vénus,
Et le poivrot Noé, Silène et Bacchus.
Calliope et Pomone, ainsi que les trois Grâces,
Devront céder la place aux trois frères Pancraces.
Nous avons pour guerriers, Nicaise et Babylas,
Qui peuvent dégoter Achile et Ménélas.
Jérôme, bas-du-cul, Zoé et Catherine,
Eclipseront Vulcain, Diane et Proserpine ;
Et si Hercule arrive avec tous ses butors,
Que l'on a surnommés : Titan, Pollux, Castor.
Basile, la Pudeur, cette vieille ficelle,
Leur remettra le vase à Jeanne la Pucelle.
Ils voudront respirer, trouveront le trépas,
Sous l'enivrant parfum de Jules et de Thomas,
Et la mère de Dieu, conduite par Fiacre,
De l'Olympe en déroute aura vu le massacre.
Elle marche avec nous, avec le Saint-Esprit :
C'est celui, qui dit-on, fabriqua Jésus-Christ.
Et Léda furieuse, apportera son cygne ;
Mais sainte Vérolique a reçu la consigne.
Marie, en jupon court, pressera le pigeon,
Et sera concurrente à la fière Junon.
L'ânesse de Balaam, remplacera Pégase :
La butte au Sacré-Cœur sera le Mont-Parnasse.
La belle Rébecca conduira dans le **Bloc**,
Le porc de saint-Antoine et le chien de saint Roch.

Enfin, pour bien rimer les sacrés noms des Dieux,
Nous avons ajouté saint Labre le pouilleux !

C. A. Roussière.

APOTHÉOSE DE THIERS

ÉPOPÉE VERSAILLAISE

AVANT-PROPOS

Extrait d'un journal bourgeois, du 20 Novembre 1892, à propos du transfert de la dépouille de Thiers au Panthéon.

L'INDIGNATION FAIT JAILLIR LE VERS

Il eût été scandaleux que l'on promenât triomphalement la dépouille de cet homme sinistre, de ce sombre intrigant, à travers les rues de Paris où il fit couler tant de sang.

Que l'abominable fusilleur de la rue Transnonain reste donc au Père-Lachaise, puisqu'on y tolère la présence de sa pourriture à côté de ses dernières victimes.

De leur côté, Troppmann, Gamahut, Anastay, et bien d'autres, resteront au cimetière des suppliciés, en attendant que Thiers aille les y rejoindre.

Les assassins de profession auront là un chef incontesté.

Pour copie conforme :

C.-A. R.

APOTHÉOSE DE THIERS

Récité par l'auteur en 1880
sous la présidence du citoyen BLANQUI.

I

Surmonte ton dégoût, Muse, ah ! fais les portraits,
De bien grands criminels... Retrace leurs forfaits !
N'ont-ils point égorgé, portant partout les flammes,
Massacrant, sans pitié : blessés, enfants et femmes
Le soudard Mac-Mahon..., les Favre..., les Ferry,
Surent organiser la FAMINE à Paris
Les caves des marchands, regorgeaient de denrées !...
Qu'importaient à ces gens : nos peines, leurs durées !...
Picard, Vinoy, Ducros leur donnèrent la main,
Se faisant pourvoyeurs de la MORT par la faim !
Simon — *l'homme de bien* — onctueux, jésuitique,
Narguait tous les dictons de la haine publique,
En son rêve imitait la *Guenon d'Escobar*,
Pour faire de la France, un vaste lupanar.

. . . .

Mais voici Monsieur Thiers... le spectre noir de crimes,
Qui vient en souriant, contempler ses victimes.
Arrière, beaux bourgeois, plats valets d'échafaud !
Saluez votre maître, faites place au bourreau !...

II

MONSIEUR THIERS

O France, encore meurtrie... Ah ! vois, horrible chose :
Du plus vil criminel, la grande apothéose! ...
Il a tout massacré: la veuve et l'orphelin...
Juge, si tu le peux, ce terrible assassin :...
Ce héros des palais où, la trahison passe,
Partout, sur son chemin, le sang laisse une trace!
Que de gens innocents il fit martyriser
(Passage Transnonain), pour s'immortaliser ;
Ne pouvant pardonner aux vaincus de Versailles
Par la protection, d'être de ses entrailles,
Il édifie un trône en ossements humains,
Croyant faire effacer, ses crimes, ses larcins!
Ce gueux, fils de vilains, devint maître en astuce,
Et se fit le valet d'un goujat, roi de Prusse!

. . . .

Ce sanglant politique engendra *la terreur ;*
Le massacre, en la rue, est pour lui le bonheur !
Ne bavant que le fiel et le sang par la bouche,
Il joua le *Caton,* n'étant qu'un vrai Cartouche
Sachant dresser sa *bande,* aux coups les plus navrants
En chef incontesté dé bandits écœurants...
Il disait aux vainqueurs : — « Montrez vos baïonnettes,
« Le premier Président saura payer les dettes ! »
Grâce à l'invasion d'un roi lâche, soudard,
Il put consolider son trône de hasard.

Allez, ne craignez rien, fusillez dans la rue ;
Qu'avec rage partout, sur le peuple on se rue!
Honnêtes Versaillais le fer est bien forgé
Je serais grand partout, même chez l'insurgé,
Du régime établi, j'effacerai la trace
Ecrasant tout d'abord la *vile populace*.
Il a tenu promesse et pour plaire au vainqueur,
Ce vampire de juin, lâche spéculateur,
Ce nain au cœur de pierre avait une âme vile.
Ce n'était point *un homme, oh non*, mais un reptile,
En imitant Sylla dépassant Trestaillons
Il a fait et défait deux Révolutions !

Mais le pacte de sang du château de Versailles
Sera le pilori du bandit sans entrailles,
La Commune surtout doit le rendre immortel.
Trente-cinq mille morts pas moins, un nombre tel
Peut bien faire trembler d'horreur et d'épouvantes,
La plume du penseur en ses pages sanglantes.
Ajoutez à ces morts, cent vingt mille proscrits,
Ce que Thiers baptisa: *La Saignée à Paris*.

III

Hissez-le, bien debout, sur un socle en l'histoire,
Que le peuple indigné, conserve en sa mémoire
Un visage exécré de tout cœur vraiment bon.
Un nom plus odieux, que celui de Néron,

D'un hibou sanguinaire, heureux fils des chouettes,
Aux regards vifs et faux cachés par ses lunettes.
De ses crimes frémit encor l'humanité,
Ce monstre réprouvait le droit, l'égalité :
La peur le poursuivait en son œuvre odieuse.
Mais les bourgeois disaient: La journée est heureuse,
Ne tremble pas, vieillard, *rougis* les cheveux blancs.
Et sur les Parisiens. venge-nous des *Uhlans !*

Achève les blessés qui te demandent grâce ;
Entasse tous ces corps qui recouvrent la place;
Dresse un trône humain. au sanglant marchepied,
Nous viendrons tous crier: *Vive! Thiers premier.*

IV

De ce peuple éprouvé par six mois de souffrance
Voyez de ce vieillard quelle était la clémence.
Certain jour, on présente au monstre triomphant,
Une femme, pleurant, conduisant son enfant.
Criant : Grâce, Monsieur, les Prussiens m'ont fait veuve;
De ma position, ici, voyez la preuve,
Ma fille a ses cinq ans, mon tout petit six mois
Et pour nous nourrir tous, mon aîné, maintes fois,
Nous sauva le chéri, par son faible salaire.
Pitié ! O Monsieur Thiers ! Ne tuez pas la mère.
Ils m'attendent au logis, mes deux petits enfants !
Epargnez donc mon fils, il n'a pas dix-sept ans.

Oh ! patriote pur et gardien des familles
Mes enfants sont sans pain et couverts de guenilles ;
Vous pouvez nous sauver, vous, premier magistrat
De notre République et chef de l'Etat.
Considérez la France : Elle meurt sous le crime,
Et pour son avenir, vous creusez un abîme.
Si, pour consolider votre gouvernement.
Il vous faut fusiller et la mère et l'enfant.
Effacez par pudeur pour l'honneur de l'armée
Le talon du Prussien qui marque à *l'Elysée!*

C'est bon, dit le vieillard, l'Etat a ses raisons.
Des femmes, des enfants, faut vider les prisons:
Je dois purger Paris ! Emmenez cette femme,
Car elle ne peut vivre ainsi, c'est une infâme '
Elle a, dans un moment de trouble général,
Habillé son enfant en garde national !

« Son crime est confirmé... Pour elle, point de grâce !
« Des révoltés, je veux, effacer toute trace.
« De ses cris, de ses pleurs, ne faites aucun cas,
« Songez bien, avant tout, au salut de l'Etat !...
« Je veux, de ces démons, délivrer notre France,
« Faites votre devoir... N'ayez point de clémence !...
« Dites aux généraux Ladmirault et Cissey,
« Qu'ils sauvent la *famille* et la *propriété;*
« Que rien ne les arrête... il faut sauver l'armée.
« Sa grande âme de feu, par ces gueux diffamée!...

« Qu'ils marchent, fiers, sans peur de la honte et du sang,
« Qu'un, soit digne de Metz et l'autre de Sedan !...
« Qu'ils frappent sans pitié, il me faut des victimes :
« Je suis assez puissant, pour laver tous les crimes !...
« Et si, du *vil Paris*, ils dévorent le cœur,
« Je ferai, l'un ministre et l'autre gouverneur.

La mère et son enfant, malgré leurs cris, leurs larmes,
Sont traînés au supplice et passés par les armes !...

Vive l'armée !

Et, le fait accompli. Thiers, célèbre fripon,
S'avance en souriant auprès de son balcon ;
Et, lorsqu'il aperçoit le ciel rouge et la flamme,
Ce petit monstre alors, tout joyeux en son âme
Ose crier : « — Bravos !... tout est bien arrangé,
« Brûlant tout et pillant, j'accuse l'insurgé !...
« Napoléon, jadis, avait la « *blouse blanche* »,
« Moi, mes provocateurs ont l'allure plus franche ;
« Ils frappent pleins d'ardeur, comme de vrais damnés,
« Respectant la consigne et mes ordres donnés.
« On massacre partout avec véhémence ;
« Mes habiles soldats, illuminent la France.
« Ils saignent l'insurgé qui ne peut résister ;
« C'est lui, le seul coupable on ne doit hésiter ;
« Et l'on dira partout : — « *Qu'après de pareils crimes*,
« *Certes, j'avais raison d'écraser mes victimes !* »

« Oui, ce Paris, berceau vivant des travailleurs,
« J'en ferai dans huit jours, la proie aux fossoyeurs;
« Et si des insolents osent crier : — « Despote ! » —
« Mes bourgeois répondront : « C'est *un grand patriote!* »
« Quant aux gueux d'ouvriers, j'aurai le vrai bonheur,
« De pouvoir le broyer en l'atteignant au cœur!

« Et si la France, un jour, cette *prostituée,*
« Nous impose son fils après cette saignée :
« Je veux, en accouchant cette *fille publique,*
« Etouffer l'avorton, qu'on nomme République !
« Puis, sous prétexte, un jour, de lui servir de père,
« Je saurai l'égorger... frappant l'enfant, la mère !

Tout pour moi n'est qu'un jeu, je suis sûr du succès.
Laissez les cimetières, emplissez les fossés ;
A mon gouvernement, je ne veux rien de pire.
N'ai-je point avec moi les forbans de l'Empire ?
Je saurai les dresser. Le peuple de Paris
S'y trompera lui-même et restera surpris
Pour mettre aux faubouriens la chemise de force,
J'emploierai mon adresse et les bandits de Corse.
Tous mes capitulards sont enrégimentés
Pour frapper l'ouvrier, ses droits, ses libertés;
Ils débarrasseront mes yeux de ses engeances ;
Ceux qui tueront le mieux, auront des récompenses!
Les maudits, ils trouvaient que Trochu avait tort
Lorsqu'il les envoyait tous ensemble à la mort.

Ce maudit faubourien, inventeur de famine,
Sans mes ordres ont osé brûler la guillotine!

Satory, Nouméa, suffiront à ma haine
Puis j'aurai Mac-Mahon, si je n'ai plus Bazaine!
Oui, ce **vieux abruti**, mon blessé de Sedan,
Se prête aux coups d'Etat. Sur lui, j'ai l'ascendant ;
Aidé des argousins, il détruira la gueuse.
C'est là le digne emploi du buveur de Chartreuse,
Cet idiot soudard lâche et traître parfait.
Prêt pour l'assassinat, le meurtre et le forfait.
Dantatus de carton, tout prêt pour l'étrivière,
Décoré par devant et blessé par derrière.
Il lui faudra de l'or, pour prix de ses combats,
Pour avoir su conduire au meurtre ses soldats
Si la fortune doit lui panser sa blessure,
Qu'il vienne à la curée, il aura sa pâture.

. . . .

Mes cent mille proscrits doteront l'univers,
Des arts, de l'industrie, aux Parisiens si chers.
Le pauvre paiera seul tous les frais de nos guerres.
Je vais créer l'impôt, des matières premières
Et si, par cette loi se vide l'atelier,
A tous, je me dirai le père de l'ouvrier!

. . . .

Mes messages sont prêts. Comme en quatre-vingt-treize,
J'ai mis pour ornement, République Française.
Pour la France enfin, je veux être un Sylla,
Car je la remettrai tremblante à Loyola
Je vais ouvrir partout des cercles catholiques
Et supprimer enfin ce qui touche aux laïques.
Monsieur de Germiny (1), prêtera son concours,
Sera le président de cette œuvre d'amour.
Qui polira les mœurs d'une mâle jeunesse
Le cardinal Guibert m'en a fait la promesse.

. . . .

Car Chouard, l'homme pieux qui n'est pas dégoûté,
Vient de faire en confesse un vœu de chasteté
Et l'ami Germiny pour peupler les frontières.
Veut auprès des couvents mettre les pissotières.
Très chers frères et curés, moines et religieux,
Prêteront leurs concours à titre gracieux !

V

Monsieur Thiers, l'impudique, eut des mœurs dépravées·
Il épousa sa
Dosne (1), son protecteur, homme à double sens,
Fit Thiers son protégé, père de ses enfants.

(1) Germiny (comte de), ami de Thiers, président des cercles catholiques, pris en flagant délit de sodomisme dans une vespasienne des Champs-Elysées avec un nommé Chouard et condamné pour outrages aux mœurs.

(2) Dosne reçut son protégé dans sa maison. De ce ménage à trois naquirent deux filles. Thiers, digne ami de Germiny, épousa l'aînée. Elle n'avait pas seize ans. O temps ! O mœurs !

Voilà tout le passé du criminel austère.
Il fut de son sérail le sultan et le père !
Ton nom est répugnant, vipère à trois faces
Créant pour te venger le tribunal des grâces,
Car l'ordre fut donné à ses deux présidents
De gracier les morts, poursuivre les vivants.
Beaucoup de malheureux tombèrent dans le piège;
La déportation vit grossir le cortège
Et lorsque sa fureur eut comblé le ponton,
C'est en Calédonie où fut le *Panthéon*.

VI

Le monstre est mort! Mais des charniers de France
Monte un cri! Meurtrier! L'écho répond vengeance.
La commune est en deuil ; Paris abandonné !
Nos morts à leurs bourreaux ne peuvent pardonner.
Allons bourgeois repus, courez aux funérailles,
Personne mieux que lui n'écrasa les canailles.
Des rues, des boulevards il paya les vainqueurs!
Aussi le cachez-vous sous un amas de fleurs.
Mais on a beau porter la couronne de lierre
Et faire un monument dans notre cimetière.
Au vieux caméléon il faudrait un bûcher
Digne de l'hécatombe au sinistre Boucher
L'horrible dictateur, mangeur de chair humaine,
Son nom est exécré, synonyme de haine.

Oui, malgré vos discours, repus, il est trop tard.
Son atroce passé souille son corbillard.
De jeunes orphelins meurent dans la misère !
Réjouis-toi, bourgeois, l'enfant n'a plus de mère,
Filles de fédérés, n'osant tendre la main,
Vous les achèterez pour un morceau de pain.

Voilà le résultat, vils assassins du père,
Pleurez si vous l'osez, votre infâme compère,
Dont l'or souillé de sang sacra vos opinions
Et qui laisse à sa femme un palais des millions !
Il fut l'affreux génie égoïste et rapace,
Qui traitait l'ouvrier de *vile populace*.

VII

Si de ce que j'avance, on n'était pas bien sûr,
Au cimetière, enfant, allez donc voir le mur
Qui fut taché de sang et criblé par les balles,
De lâches généraux modernes cannibales,
Plats valets de salon par les Prussiens battus,
Héros de sacristie en galons revêtus.

Si Delescluze est mort en martyr héroïque,
Tous surent l'imiter aux cris de République !
Sous le plomb meurtrier des lâches assassins :
Ferré, Rossel, Duval, qui malgré les tocsins,

Leurs voix en s'éteignant en leurs nobles poitrines,
Font écho dans nos cœurs. Leurs mots sont nos doctrines.

Les parias de la faim, travailleurs convaincus,
Vengeront le trépas de leurs frères vaincus.
Des morts et des blessés entassés sans litière,
Vous en avez peuplé un coin du cimetière !
Sur l'horrible charnier, dressez un monument,
Pour personnifier ce vieillard insolent,
Et gravez au fronton, l'infâme turpitude :
ICI ! THIERS FUSILLA LA VILE MULTITUDE !

VIII

L'avenir indigné ouvrira le tombeau.
Du roi des criminels, du crime sans bourreau
Qui put boire le sang au grand Conseil des Onze (1).
Thiers, sur un piédestal, déshonore le bronze ;
Il devrait disparaître et servir en canon,
Cet instrument du meurtre et digne de son nom.

Ces bourgeois ont souillé l'obole populaire
Pour couvrir leur passé d'un plus épais suaire.
Les mains rouges de sang et les cœurs gangrenés,
Osent faire une aumône à nos amnistiés...

(1) Cour martiale qui siégea à Paris et à Versailles.

Oui, certains des martyrs, dérision infâme,
Ont reçu quinze francs de l'amant de leur femme ; .
Car, Louis Blanc (2), Andrieux, Gallifet, Gambetta,
Firent faire un grand bal, pour ceux de Nouméa !..
Ils voulaient nous montrer un cœur tendre et sensible,
Si ce n'était cruel cela serait risible !

. . . .

En ces temps, un mouchard, véritable assassin,
Le même qui vola la montre de Varlin :
Casse-tête à la main, croix à la boutonnière,
Par ordre du Préfet, pillait le cimetière.

IX

Mais, malgré la défense infâme de ces gueux,
Quand renaît le Printemps, je vais respectueux,
Rendre une humble visite et voir si la nature,
A réparé le vol que fit la Préfecture !

La fleur tant désirée a pour nom: Espérance,
Et s'étale au soleil en ce coin de la France,
La *sève humaine* enfante enfin la floraison !...
Sur les corps entassés doit naître la raison.

(1) Louis Blanc vota des remerciements à Thiers.

Mettant enfin sa main sur le droit et la force,
Qui doit abattre l'hydre au bourgeois et au Corse,
Espérons que leur tour viendra d'être vaincus.
Par le crime odieux, tous ont par trop vécu !
On fit trop de martyrs dans cette crise aiguë,
Doit récolter la mort que sème la ciguë !

Près de l'herbe qui croît sur le tombeau violé,
Saturne, malgré toi, surgit l'égalité !
Quand vient le mois de mai sur la fosse trop pleine.
O Révolution ! je respire la haine !

ENVOI

Lâche officier fourbu, général de salon.
Va-t'en à Notre-Dame, ouïr le *Te Deum*.
Au banquet de la mort, Monsieur Thiers te convie,
Car l'ordre règne enfin comme dans Varsovie.

C. A. ROUSSIÈRE.

Mai 1879.

*
* *

Apologie de la Commune faite par un député natio-
naliste.

Il n'y a jamais eu gouvernement plus probe, vaincus,
plus grands, proscrits, plus dignes.

HUMBERT, directeur de *l'Eclair*.

TOUJOURS ELLE

ÉLÉGIE

J'aurais voulu choisir une cime isolée,
Site capricieux dominant la vallée,
Un doux nid, où l'on pense, médite et sourit
Fuir dômes et clochers, qui dominent Paris,
Et sur cet oasis, avoir une chaumière,
Et femme et enfants, à mon heure dernière.
Entendre au loin les sons des pipeaux du berger,
Le merle, la fauvette, en rentrant au verger.

Je poursuivais hélas, la conquête d'un songe :
J'ai trouvé dans mon rêve, illusion, mensonge,
Pauvre et sans lendemain, je mourrai sans témoins.
Des maîtres, j'en veux pas, de maîtresse encore moins ;
Seule, ma muse encore me fait ses confidences.
D'hier et d'aujourd'hui, mesure les distances,
Et me montre ce gouffre où sombra l'avenir :
Gaîté, esprit, travail : *Reste le souvenir !*

J'avais femme et enfants, tous folâtraient sur l'herbe ;
Dans la prairie en fleur, chacun cueillait sa gerbe ;
Je préparais la table auprès du vieux tilleul.
Tout joyeux j'ignorais que l'on pût vivre seul.

Je vieillissais aimé des enfants d'une femme :
En mourant, ils ont pris la moitié de mon âme,
Le cortège a laissé l'épouvante et le deuil.
Mon bonheur s'est enfui, cloué dans trois cercueils.
Il ne me reste plus de ce rêve éphémère,
Que ma petite-fille et l'art d'être grand-père.
Triste, isolé, j'attends, la Parque et ses ciseaux,
Comme un champ de blés mûrs, courbé, attend la faux.

Sous le chêne abattu croît l'humble violette :
Près du grand-père en deuil, L'AVENIR, HENRIETTE.

C. A. ROUSSIÈRE.

A ma petite Henriette

ÉLÉGIE

Lorsqu'on meurt, bien-aimée, c'est la mort à moitié,
On vit par la pensée et la douce amitié,

Quand j'aurai terminé mon œuvre fugitive
Et que j'approcherai de la rive plaintive
Où tous un jour ou l'autre, abordons tristement,
Je ne regretterai, je le dis franchement,
De tout ce qui se meut, sur la machine ronde,
Ni les mesquins plaisirs, ni les honneurs du monde.
J'abandonnerai tout : mes rêves, mes désirs,
Ma muse et les livres qui charment mes loisirs;
Mais je regretterai seulement que mon âme,
Fuyant cette enveloppe où rayonnait sa flamme,
Arrête de mon cœur les derniers battements,
M'empêchant de l'aimer encore quelques moments.

C. A. Roussière.

A MA COMPAGNE

morte le 15 Juin 1903

Hélas mes pas légers, ont franchi la demeure,
Où j'allais en tremblant revoir ce que je pleure.
Etouffant mes soupirs au seuil de son tombeau,
La nuit m'enveloppait déjà de son manteau.
Quand, au-dessous des fleurs, qui pour les tristes *fêtes*
Relèvent fièrement en ce jour-là leurs *têtes*,
J'ai lu sur chaque pierre, ici, c'est le repos.

Tout passe et tout s'enfuit tout change et disparaît.
Revenir au passé, c'est vivre avec regret.
Triste, brisé, pleurant, je sors du cimetière,
C'est là que j'ai laissé mon âme tout entière.

C. A. ROUSSIÈRE.

La Toussaint.

*
* *

Tout ce qui souffre est plein de haines,
Tout ce qui vit traîne un remords
Les morts seuls ont rompu leurs chaînes.
Tout est méchant, hormis les morts.

V. H.

Table des Matières